桃乡

莲芷 著

上海人民出版社

观后感

第二辑

小说

第三辑 诗词赋

古诗

新诗

填词

文赋

菱歌不彻

厉笑影

　　正如马尔克斯在《百年孤独》中说的：生命中真正重要的，不是你遭遇了什么，而是你记住了哪些事，又是如何铭记的。我想这本书中的兰言蕙想就是铭记的最好方式，掩卷而思，莲芷浓浓的情感深深地着墨在我的心里。

　　所谓在泉为珠，着壁成画，书中藏着一段叫做"桃乡"的美好时光：有定格在初夏时节的青春悸动；有潺潺溪水般的温缓而细腻的亲情暖流；有仰观天地之大，俯察品类之盛的神州壮游；有与明月清风同坐时的一人静思；也有领上发未梳，床头书不卷的闲适时刻……作为师长，我欣喜地看到点点滴滴的文字中都闪着世外学子所具有的"爱心、优雅、大气"的光！孔子说："诗，可以兴，可以观，可以群，可以怨。"莲芷的文字也令人感动、开怀、思考，而这正与学校一直以来倡导的"世界眼，现代脑，中国心"的理念达成了难得的和鸣。这奇妙的契合并非偶然，我犹清晰地记得桃园里那双清澈的眼睛充满了求知的渴望，那副青春的面庞总是荡漾着微笑，即使泪水也是成长的味道。在世外的白帆红墙间，我见证了一位少年的初长成，也发现了书中文字得以生根发芽的土壤：一笔一画是时间的结晶，也是成长的刻度，笔尖的沙沙声，汇成一首叫《桃乡》

的歌。

　　菱歌唱不彻，知在此塘中。青春的菱歌之所以经久不歇，是因为有一处叫做桃乡的半亩方塘，这里是永远的精神家园。人说著书问道，以启未来，莲芷的这本书既是总结，也是开启，就像一瓣桃花随流水窅然而去，但只要桃乡的春风在怀，就定会找寻到属于自己的别有天地！

上海市世界外国语中学校长

第一辑

随笔

散　文

定格初夏

我走出门，走进今年初夏属于我的第一个画面。

初夏点染了生机勃勃的绿，却并没有用最浓墨重彩的画笔；初夏弹奏了风的音符，却并没有写最悠扬的歌。冬青叶没有在认真地跳舞，而是迈着碎碎的步子，漫无目的地晃悠。蔷薇好像还来不及打扮，即使说不上无精打采也是好一副慵懒的样子。最盛大的宴席还没开场，初夏的定格里是满满的温柔。

这时我想到你昨日写给我的诗："夏花红，

赤日暑，惆怅艾香千缕。"眼前这幅定格里哪里有什么红艳的夏花、暑热的赤日！我开始羡慕：我在上海不够热的天气里过初夏的时候，你那边南洋的盛夏已经到来。

其实这不是羡慕——是我又想你了。

我看见一草一木都会忆起你。或者说我想你的时候，所有的草木都幻化成了你的形容。

我随便挑了一条小路往前走，恰巧碰见一只鸟正对着我，停在我前方的路上。它低头啄了一下地面，我看见它两只翅膀夹着的背上有一抹鹅黄。视线追着小鸟移到了一棵树上，那里有小鸟一家子，几乎停满了每一个枝杈。这画面无比熟悉，感觉所有的鸟从冬天枝头还光秃秃时开始就一直停在这里，然后任树如何长芽抽叶，都把这里当成家，顶多像刚才那只飞鸟一样，偶尔出一趟不算远的门。这是一个并非完全静止的长定格，鸟儿们交头接耳，有时兴致来了便唱一嗓子歌。我悄悄走近点便看清了它们：翅膀被乌黑的羽毛覆盖，肚子是纯白色的，背上的大部分地方是黑的，那一抹黄更像一块斑了。我擅自给它们起了个名字叫玄鸟。小鸟们唱歌真是好听极了，活泼泼的，一定是多才的初夏为它们谱的曲。我想着，回到家一定把纱帘卷起，指不定哪日就有一只旅行的玄鸟，把歌送进我窗棂。又想到，你不也很喜欢鸟吗，之前还说想养一只鸽子。可是你那里的热带海岛上哪里有鸽子啊？倒是可以盼一盼那种雨林里飞出来的彩色羽毛的热带大鸟，会不会有天掠过你的屋顶？

哎呀，明明眼前就是这么好的定格，我的

思绪却又同你一起飘远。

　　我知道这些鸟终有一天会与它们心爱的树枝别离，到时候就让它们替我捎去一封口信，那些难以言说的千言万语，就让它们用歌谣唱给你听。可是我又怕，有一天它们真的飞走，我就连眼前的定格也将失去。我纠结地看着那些玄鸟，忽然听它们发出刺耳的齐鸣。我被太阳炙烤的脸顿时红得更甚，因为它们在笑我怎么不害臊啊，怎么向它们说了所有的少女心事。我不禁抱怨这夏风太燥，若不是它把我的心弦都拨乱了，我又怎么会变得如此多情。

　　继续往前走，树下有一张我最喜欢的长椅。那时你还在我身侧，我们也就像这样并肩坐在上面。

　　枝叶间透入一点来自太阳的金色，光线被

层叠的叶子封死去路，不得已转了几个弯，因此有了一圈彩虹光晕。有一根树枝比较特立独行，似乎是刻意要逃脱这一片枝繁叶茂，就这么突兀地向旁边伸展开去。顺着它伸出去的方向眺望，我看见棉絮一般的云略微散去，天空变成格外干净的蓝。恍惚间又见你伸出手，指着那旁逸斜出的树枝说，从这个角度看去，就好像一张风景画上的导线，牵引出一整片蓝天。我心想，让这一刻的画面定格，让那片蓝天一直在，这样你也就在了。可是不一会儿，柔软的云又像溪水一样流入这片天空。它们把阳光当成舞台的聚光灯，像舞者一样舒展开胳膊，很是自由。就像一幅国画，光影中墨色的叶连成一线挤在左下一角，舒卷的云朵填满了画面上的大片留白。你的声音从耳边渐渐消散。我再如何妄想，再如何思念，也终究是逃不过离别。

当年那澄澈如洗的蓝色，和如今这云舒云卷的画卷，竟然是同一片天空。

当年那躲开你视线的我，和如今这对你朝思暮想的我，竟然是同一个人。

彼时我也曾幻想过，是不是站在窗边一直等，就能等来衔泥的燕子飞回我的檐下筑巢；是不是把凋零的桃花瓣装进香囊里，就能留住华年的春天；是不是让时光在这片天空里面悄悄流转，就能把你带回我身边，我侧头看去，你就在眼前。但如今我在这棵树下驻足的时候绝不会停止仰望，因为我终于明白，你的陪伴仅存在于我们共同仰望过的这片天空。

如果时间定格在那时的初夏，我一定会转

过身，握住你的手。

可现在的这些思量，也只是徒添心愁。

那便罢了。让天空替我向你说一声一切安好，你看，我在崭新的初夏已经有了这么多的定格。

藏在这些定格背后的，是如约而至的夏天：一个温柔的夏天，一个多情的夏天，一个没有你的夏天。

二〇二〇年五月二十二日

天空之澄

走出门是三十五度高温的烈阳炙烤和只有风声蝉声为伴的酷暑，我觉得自己这才真正走进了盛夏。

顶着这样辣的骄阳出去见人，离家前小心翼翼地拿防晒霜驱蚊水一层层涂满每一寸裸露在外的皮肤，留恋地再享受一会儿空调，到最后一刻才把它关掉。然而当盛夏的晴空摆脱了窗玻璃的遮挡一览无余地展现在眼前，我便再没有了快去快回的想法。

为了寻阴凉我一直走在树荫下，不用抬头

就能看见垂得低低的叶儿粼粼反着光，原本就苍翠的绿被照得鲜亮，连同不知躲藏在哪里唱着情歌的知了一起，把它们最爱的夏天讲给我听。偶尔枝杈间会露出一小片天，又总会被轻巧的薄云给遮去一半，仅剩的一点点蔚蓝又十分羞涩，拿阳光作纱蒙住脸面，仿佛只画了少许素雅的淡妆。

转过几个路口又不一样了，从穹顶到天边都是万里无云，若是温度没那么暑热，我简直要怀疑现在是九月初秋。我不禁想，我须有一颗纯粹的心，来欣赏这样干净的天。

又想起，算上今日看到的，我已经看过了无数绝美的天空，却再没见过那日那样好看的。彼时我照常倚着学校操场旁的大香樟树，四下打量，皆是已经看倦了的。我换了个姿势靠着，不经意间扬起头，看到墨绿色的树叶窸窣摇动。视线一转，就看到了像是从叶间渗透出来的蓝天。霎时，心情就如那天空一样，干净得无法形容，只觉得目光再无法移开，就这样呆立了良久。回过神时，操场上的吵闹声仍旧，却都只是从我的耳旁飘过，再无法触及我心。

我尝试过数次，像那样独守一方清静，是否就能体会前人所说"出世"的感觉。直到我真正拥有了独属于自己的一角天空，才真正从彼岸的喧嚷中逃脱。

那时是秋天。

我永远怀念那年秋天的宁静。在白日还长的时候，没有牵挂着谁，盼的只有一楼教室外的桂花何时才开。即使略有几分闲愁，也只是半透明的云淡淡地抹在高远的天空上，风一吹就轻飘飘地散了，无影无踪，如同那时候身边的人，随时都会好聚好散。

现在想来，再看不到那日的晴空，也无非是因为再没有那样平和的心境。

或许今年到"晴空一鹤排云上"的季节时，我的心又会像愈发凉爽的气温，渐渐变得平和。如我去年所写：

"当渐凉的秋风再次吹起的时候，我们都会放下曾经的许多。"

二〇二〇年八月三日

望海潮

　　这绝对是一个正确的选择：在临近傍晚的时候开车去江边。

　　渐渐没有了夏日的暑热，不知是因为天晚了还是临近江边了。我把系在腰上的外套解下来披好，把被汗水打湿紧贴在后颈上的头发拽下来扎成丸子头。妈妈刚停了车，我就一个人飞快地先跑开了。

　　顺着一条满是沙土的路一直朝前走，眼前渐渐出现了一段堤坝，低处是一片芦苇塘，里面种满了芦苇，整整齐齐，大约两米多高，没

过了我的头顶。从芦苇荡的形状，可以看出风吹得有多急。沿着堤坝可以一路冲到苇塘里面，再从石头堆的路上往里走，看到越来越多驻足拍照的人，这里就是妈妈说的网红打卡地了。

右手边是满目的棕黄和翠绿的苇草，左手边是江滩。恍如来时长江大桥上的景象，江阔三千里，雾浓几万重。落日就悬在这片茫茫的烟波上，那形状是最浑然的圆，那颜色是任何电脑调色盘都调不出的最纯粹的橙。那光辉照得周遭的云霞浸染绯红，其上的天空是极光黄，是淡粉，是鱼肚白；再往上就渐变到了蓝。顺着天幕一直往上，是纯净一色的蔚蓝，忽然目光下移，仿佛划过一道弧形的长线，直到一瓣半圆形的皎白的月亮，我才意识到，我看到了日月同天。再回想，方知这天空原来真的是球形。再往里走，太阳就隐没在层层芦苇中了，但那霓虹灯般的光点好像能穿透芦苇丛。

从苇塘里上来，再沿着石头路走向江边。妈妈跟上来问我要不要拍照，问了好几遍，我说别拍了，让我一个人坐在这儿，看一看"大海"。

——这哪里是江滩，分明是海岸。风吹来潮湿的咸腥气，以及远处轮渡汽笛的隆隆声。潮起潮落，漫上滩涂的浪轻轻触岸，冲出哗哗声，水的边沿处变得灰白，像缀上了一层不规则的蕾丝边。江水的颜色本该是青绿的，眼前却是寂寂的灰蓝，除却微微的波澜以外，几乎就是那被阴云遮掩的暗暗的天，中间只有一条模模糊糊的界限，让人联想到所谓的"海天一色"。船只从这里启航，开始书写远洋的新篇章。它们会漂泊很远，但岸上的游人没人问过，它们会去到何方。

不知看了多久，太阳已经被云层完全遮住，黄昏的天空只剩下轻粉一片。我从岸边的石头堆上站起来，转过身待要回去了，又不舍地回望一眼。泥泞的岸接住了每一缕扑来的海水，初夏的海风卷起了生命中的每一次浪潮。

我有些能读懂子瞻了，读懂他为何倚门听江水就能联想余生。倘若顺着岸边一直走，便将这余生都寄予起落的浪潮里了吧。

这里是长江的入海口，停泊在江岸边的船，从这里启航，就到了海。

"小舟从此逝，江海寄余生。"

二〇二〇年五月三日

月留人

听导游说，这个地方叫横江渡，因为长江支流在这里转成了南北走向。我心想，野渡无人"江"自横，倒是个挺潇洒的名字。

第一个参观的地方是一块展板，就立在江边观景平台那里，讲的是这块地方怎么在三个月内从垃圾堆和水泥厂改造成了生态湿地。忽然有人告诉我，对岸的沙洲就是当年项羽自刎的地方。我向那片葱林遥望，在那满眼的绿意背后，我看到的是慷慨悲歌的西楚霸王，还有赞颂人杰鬼雄的李易安。又想起导游说的，两年前这里还是污水排放点和建筑垃圾堆。我忽然感觉我所眺望的他们也在凝视我——两千年前的西楚霸王，一千年前的李易安，千百年来无数位来过这个地方吊古的文人，他们都在凝视我，提醒我不能不关心现在。那里是他们曾经挥洒过笔墨和热爱的地方，对项王来说甚至是生命、热血。而千百年后的当地居民和企业，在这个地方投放垃圾。所幸现在被治好了。这片青绿如初的江水，守护的就是他们的记忆。

沿着滨江走一阵，又是一处观景平台，导游讲起了李白捞月的传说。我微微一笑，现在的我进入了一个奇怪的阶段，既了解他更为公认的"病逝说"，又愿意相信种种浪漫传说。于是我就想，就是在这里啊，我的仙人啊，追着他的月亮，回神话中去了。

　　下午上了一座楼，在江堤上，虽然一共五层，但层间距高，几十级台阶爬起来还是要费些力气。爬楼的时候我就在想，曾经李青莲也是登了谢朓楼，写了那首"欲上青天览明月"，那我登了这座楼，会不会也触景生情，"俱怀逸兴壮思飞"？

　　一登楼却全是雾，抬头只有成片暗淡的白，近处的江水都朦胧而模糊，更看不见远处的市容。看不见也好，如果全都看得见了，还要想象做什么。现在我就可以想象，雾里藏着太白乘舟看过的天门山，投江捞过的月亮，酒杯里写过的诗，梦里到过的远方。

　　回酒店路上又看了一遍《洛阳怀》。视频里有这样一条弹幕，有句话挺有趣："李白没喝酒，他是唐朝的。李白喝完酒，唐朝是他的。"酒中仙李太白，拥有整座长安城的繁华，拥有他的盛唐最辉煌的年岁。可是他终究还是离别人间的一切，乘着他的鲸飞回天上去了，因为那里有大鹏，有神仙，有喝不完的酒和留人的月光。而他留给人间的，是笔下龙蛇，是盛唐风月，是百次斗酒百篇诗，是一个浪漫潇洒的天才形象，是明月余光。

听雨声

外面好像下雨了。

春夜的雨是带来欢喜的，会浇开遍地丹红的花；但现在已经过了立夏，到五月了。潮气浸湿了床单和枕巾，沁入身心。幸好还没入梅，还有丝丝的凉意伴着雨滴飘下来，不至于使得整个人都被闷热笼罩。

只是我又失眠了——会在深夜里坐在窗边听雨的人，又怎能不忆起藏在心底的曾经？

我记得上初中以来淋的第一场大雨，是在二〇一七年九月底。校车被堵在路上，半天等不来，我没带伞，就躲在一棵树下，浑身都湿透了；还穿着短袖短裤，浑身都凉飕飕的。但我并没有觉得不舒服，还蛮有兴致地伸手企图接住一捧水，仰着头想要看清天空中的乌云，却发现在这么大的雨里根本睁不开眼睛。后来又想起我的书包，这才开始四处找避雨的地方。但为时已晚，回到家打开包一看，书和卷子湿了一大半。

现在想想这简直糟透了，且不说一笔没动的作业，更要担心会不会感冒发烧。然而那时居然觉得特别快乐。因为我心里装了一个人，当我站在树下淋雨的时候，他从我面前走过，对我挥手说再见。我记得那天他打了伞，但我满心想的都是，"哇，我陪他淋过大雨了。"

现在当然是不喜欢他了，也当然要笑自己

痴傻。然而他在我生命里留下了一段阳光，不可抹去。

　　又想起第一次参加辩论赛，是在我们自己学校。那是七月的头几天，下着雨，天气闷热烦躁。作为一个新人，我需要跟着师傅从头学起。师傅聪明过人，带着我一路过关斩将直接冲到了第二天的淘汰赛。晋级名单公布以后很是欢喜激动了一阵，随后她便离开了。我在微信上联系她，想当面致谢。但最终没能找到她。傍晚，天色开始泛黄，组委会的学长撑着伞把没带雨具的选手送到家长身边，我感觉晋级的欣喜已被消去了大半，在这阴郁的雨天里四顾茫然。

　　最后一次和她一起参赛，也是我最后一次比赛。还是在熟悉的校园，还是下着雨。她就坐在我对面抱着电脑改稿子。但我们已经不是队友了，第一天比赛结束合照的时候，我和队友并排站着，在人群中寻找她的身影，心里寂寞地想，那个陪在她身边的人本该是我，那个和我并肩而立的人本该是她。我很想告诉师傅，你徒儿学会强势了，学会辩论了，已经可以独当一面了，已经可以成为队友的依赖了。但最终没有说。

和她一起走的路好像总是阴雨不断的。但她总会把伞往我这边倾斜，会把大衣披到我身上，会对着来采访她参赛感言的人说，对你徒弟好一点，比如不让她淋到雨，说完飞快地看我一眼，低下头傻笑。

后来，终于放晴了，我终于又走在阳光下——独自一人。

她像只候鸟来了又走，顶多在我的海洋掀起一阵细浪。

那句"谢谢"，直到她出国，也未能说出口。

如果雨越下越大，你是不是就不会走了？

还有一个人大概就是雨本身。有次我们从公交车上下来，她一路跟我到小区门口，我们站在那里聊天，聊了一个小时。她说着说着就哭了，好像是想到了心里牵挂的人，还有某件伤她至深无法淡忘的事。然后天就开始下雨了，我把包里的伞抽出来给她，一个人飞奔回家。后来她把伞还给我，告诉我，其实我家就在附近，你完全没必要淋雨的呀。我笑笑说没事，我喜欢淋雨，心里想的却是你没淋到就好。

从什么时候开始的呢，好像她的天空一直在下着雨，而我理所当然地站到了她的太阳那个位置。我们一起穿过风浪、一起踩过泥泞、一起绕过一个个水洼，我一直牵着她的手，保护着她。彼时我常常自命不凡地想，她要是又坐到四楼的窗台上，估计只有我能把她拉回来吧；想着要是我再不保护她的话，她就没有人保护了。想着想着竟然还有点骄傲、庆幸。

可是明明不是这样，她被很多人牵挂着，被很多人爱着，我不是什么唯一，只不过是巧合；只不过我老是弄错，比如把本不该发生的遇见当成了错过。

去年十月她去了美国，在我看来简直是远走高飞，因为那里的一切对她来说都更适合。

才过一个月我就开始想念她了，但我从来不是被思念的那一个。她时常跟我说起她挂念着的人；她的梦里从来没有我。

没关系，我已经习惯了，只要她开心就好。

我已不再有机会为你遮风挡雨，只愿你的世界从此天晴。

至于今天这场雨，可以说久旱逢甘霖，感觉憋了好几天的低气压在今天发力了。倾盆大雨，我特别想伸手到窗外摸摸这一片瀑布，但我不能把窗打开，不能让雨水把窗台上的东西打湿。

说起来，要不是那人让我陪他熬夜，我都差点要错过这场久违的大雨。

现在在微信里一个劲给我弹消息的这个

人，看似生龙活虎其实手无缚鸡之力，整天对着家里的房门衣柜练咏春却连个瓶盖都要我帮他拧，嘴里说的都是些高大上的我听不懂的词儿，心理年龄却只有三岁不能再多，还跟我比谁更像软妹——我总说他"脑子里有些贵恙"。

算了，对友人不能这么狠。

我看过很多故事，主角原先都是四个人，后来就只剩一个。现在我即将把这些故事亲身经历一遍了。

第一次哭得撕心裂肺是因为他九月份要出国，当时我俩的关系还只能算一起连麦双排的互坑队友。我也搞不懂为什么那么伤心，后来才明白，因为严格意义上讲每天陪我的就只剩他一个了。

他不缺我这一个朋友，去美国也是如鱼得水放飞身心一样的，我看不出他有什么伤感。后来他说因为疫情今年没能出去，我还掐着自己说，那可真替你难过呢。

原来到头来伤心的只有我一个啊。

所幸今天晚上这场雨，算是我们一起听过。

孤心谁为伴，空房听雨声。

雨越下越大了。

我陪好多人淋过了好多场雨，也在这一场场大雨中走向孤独。

世界在这淅沥声中沉默着。

雨再这样一直下下去，我就真的要变成一个人啦。

二〇二〇年五月十日

杂　文

也是冬天，也是春天

疫情给城市涂上了一层灰色，城市仿佛静止，北风夹杂着街头巷尾的寂寥，加倍的刺骨。开学被耽误了，延长假期里的无聊时光和见不到同学的寂寞，使我感觉这是我生命中最冷最漫长的寒冬。

这天下午，我听到门铃响，打开门，远远站着三个穿防护服的高个子工作人员。其中一位阿姨走上前，把一袋口罩塞到我手上，告诉我这是社区发下来的物资，家家都有，由他们负责送，接着又交代了好多防疫要求。我说，穿着这么厚的防护服跑来跑去，一定很辛苦吧。话音刚落，正看见两颗豆大的汗珠从她额边滑落到鬓角。她摘下手套轻轻擦去，连连说不辛苦，这些工作都是必须的。说罢，她便跟着同行的工作人员离开，匆匆赶赴下一户人家。看着他们冒着风险奔波忙碌的样子，心中有种难言的感动，我仿佛看见了前方不远处的春天。"哪有什么岁月静好，不过是有人替你负重前行。"我无权也无颜抱怨寒冬，因为那些"无聊""寂寞"，也是所有无私奉献的抗疫战士为我缔造的春天。

我能不能也为他们做点什么呢？一番思索后，我决定用千纸鹤传递祝福。我精心挑选了浅绿色、明黄色的彩纸，代表生机和光明；每压出一条折痕，我都仔细检查边沿有没有对齐；每次沿着折痕翻起薄薄的纸片，都小心翼翼生怕弄破了一处。我拿出十二分的认真，把春天折进十来只纸鹤里，将春的气息回馈给创造春天的人。每只折得很笨拙，却都倾注了我最真挚的感谢，其上还留有我双手的温度，以及我附上的一行小字："致敬每一位抗疫英雄，谢谢你们，辛苦啦！"

眼看天色黄昏，我飞快地跑到居委会疫情小组临时办公室，敲开门，正见到工作完的志愿者坐在那儿休息，其中就有之前来我们家送口罩的阿姨。我羞涩地笑着说，大家忙了一天辛苦了，我给你们折了千纸鹤，寓意平安健康，你看，抽它的尾巴翅膀还会动，就像在飞一样……大家听了纷纷笑起来，一边开心地接过千纸鹤，一边称赞"真可爱"。看着他们脸上洋溢的笑容，我感觉春天正和这日益回暖的气温一起到来，这份暖意，再萧瑟的寒风也吹不散。

我想，我递出的也是人情的温度。即使是最简单的善意，也能为他人送去春天。人和人之间的互相关怀，构筑起的是"没有一个冬天不会过去"的希望。心怀感恩，拥抱生活，你会发现，曾以为无法逾越的寒冬，也是春天。

游沙坡头

在沙坡头的游览应当是从乘车开始的。我十分好奇这辆名叫"沙漠冲浪车"的大家伙，上前摸了摸它巨大的轮子，各处打量。据说这种车是在沙坡头沙漠景区穿行的一大法宝，能一览茫茫沙海。

沙漠冲浪车开动，扬起的沙尘铺头盖面，直往我每一个毛孔里钻，眼睛干痒而眨个不停。奇怪的是，随着车子颠簸地翻越过一个个土丘，眼里的尘土仿佛被抖出来了一般，渐渐不觉得那么难受了。夹着黄沙的热风拂过脸颊有种别样的温柔。定睛一看，黄沙里竟生着植物，是一种又绿又紫的草，被一张大"网"一格格固定着，散发着生机和凉意，中和了戈壁的粗犷。沉沉乌云取代了狰狞烈日，也将大漠润得很平和。宁夏果然宁静，塞北之风还未填满塞上江南，中原文化尚在，远征的游子回头，还能在烟尘遮挡的连绵山影中隐约远眺、遐想一下故乡。天地一色，苍茫宽广，望不见尽头，不知远方是何方。

　　恍惚了太久，原先将我们包围的黄沙已经不见了。车仍旧很颠簸，我不敢回头看是否已经将那片戈壁征服。至于前方道路平阔，绿意盎然：道路虽不算特别平坦，但越野车的轮子至少不必再跨越坑洼和沙石；土壤虽不算特别肥沃，但草木至少无需挣扎于风尘之间。当车在一道陡峭的崖壁边停稳，我才知道，到站了。

这时已是中午，今天虽然已经做好了准备，午餐随意解决，但总不能带着饥饿感继续游玩。正好徒步去黄河景区途中路过游客中心，父亲带着同行的小朋友去找吃的，而我被门口饮料小铺卖的老酸奶吸引住了。之前去西安，满心馋的是那里的羊肉串、肉夹馍，然而第一天竟然是被早餐店里卖的老酸奶给俘获了味蕾。我迫不及待地买了一瓶，喝了一大口，又品尝到了那熟悉的味道——不算甜，但带着清爽和细腻的香醇。于是简单解决了午餐，不仅恢复了气力，也消去了从戈壁里带出来的暑气。

在黄河景区我了解到，黄河上古老的交通

工具是羊皮筏子。制作羊皮筏子，需要很高的宰剥技巧，从羊颈部开口，慢慢将整张皮囵囵个儿褪下来，不能划破一点地方。将羊皮脱毛后，吹气使皮胎膨胀，再灌入少量清油、食盐和水，然后把皮胎的头尾和四肢扎紧，经过晾晒的皮胎颜色黄褐透明，看上去像个鼓鼓的圆筒。用麻绳将坚硬的水曲柳木条捆成一个方形的木框子，再横向绑上数根木条，把一只只皮胎顺次扎在木条下面，放上几天便可以下水。然而这次在黄河景区未能见识到羊皮筏，而是坐的游艇。不知为何，坐在飞驰的游艇上，虽然风刺得眼睛睁不开，水溅到了脸上、身上，我脑海中却不是"潮平两岸阔，风正一帆悬"，也不是"轻舟已过万重山"，而是"清风徐来，水波不兴"。

　　最后一站是在沙漠景区骑骆驼。骑骆驼的过程很有趣，骆驼们先是排成一队，很温驯地在地上屈膝趴着，我跨腿坐到两个驼峰之间，手拉住身前的圆环，脚蹬在鞍上。等这一队的骆驼都驼上了人，它们摇摇晃晃地站起身来。我虽然知道没有危险，还是紧张地抓紧了环形的扶手，耳边是沙沙的风声，我却仿佛听得见自己的心跳声，除了紧张，心里还有些兴奋。驼队缓缓向沙漠深处走去，一晃一晃，前方的沙丘渐渐没有了人的脚印。恍惚间感觉耳畔的驼铃声是从千年前响到了现在，眼前的道路也并非绕一圈就回到原点的游客路线，而是无限延展开，直抵那远方的西域。闭上眼，思绪被拉得好长好长，我想到"大漠孤烟直，长河落日圆"，想到披头巾的茶商哼着异国的小调，想到边疆的战士唱响出征的壮歌，我并未生在大唐，却仿佛跌入了大唐的梦里。直到父亲在身后叫我，要我回头拍照，我才如梦初醒。拍照到底是留住了美好，还是破坏了意境？

　　回程的时候，灵感迸发，不一会儿便作成一首五律一首七律，附在游记最末。

附：

五律·踏沙

日明空如画，风劲云似歌。

碾轮斜破浪，辙履侧逐波。

绿意萌沙岸，湖光泛苇坡。

难眠营帐里，星宇梦无多。

七律·赋得黄沙大漠吟

双峰四蹄踏黄沙，驼铃间续若胡笳。

暗日残光掀雨雾，狂风厚浪卷云霞。

大漠走石乱千种，荒原微绿润万家。

回首长空无落雁，明妃犹抱旧琵琶。

我有一片晴天

手捧《全唐诗》，翻开抄诗的本子，我又摘录了一首小令。眼看已经快写满一整本，不禁感慨我爱诗也爱了许多年。与诗为伴便是晴天。

初次尝试诗歌创作时，我才上二年级，不懂什么格律规则，但我知道我找到了自己的晴天，看着愈发成熟的诗句，越来越多的人想跟我一起分享这片晴天。

思绪滔滔如泉涌，我不停挥洒笔墨，一行行诗词歌赋，记录着我的生活、我的心绪、我青春的梦与浪漫，那是我的晴天。

然而进了初中以后，我就很少再添新作了。我叹息学业忙碌，无以成诗。渐渐不似先前那般爱得痴狂了，倦怠了日复一日的学业，也丢弃了惹人心乱的多情。

七年级那回秋游，参观了万亩稻田和文化遗址，我却并没有思绪。快要离开时，一个关系要好的同学来找我，给我看了她的作品。"你怎么也开始写诗了？"我十足惊讶。"本来是看你在写，我就试了几次，后来就爱上了。感觉沉醉在里面的时候，就会忘记别的事情……"

我蓦然回首，眼前的一切都染上了新的色彩。"麦浪翻腾万顷广，阡陌交通一脉香。打磨千载留耒耜，犁耕百年各蚕桑。"这里是广富林，是人类先祖的故地，是淞沪文明的初声；"这里"是我失而复得的晴天。

诗集更新了。"草叶几丛润玉骨，花枝一径洗鹅腮"，笔下的水仙凌波而立，袅袅婷婷；"底户窗灯三两点，半掩，小帘微透夜星辰。"我的盛夏夜有明月清风；"大漠走石乱千种，荒原微绿润万家"，西北戈壁别有一番风情；"冷蕊闲观香远径，寒英轻弄絮飞怀。"早春赏梅，风姿卓然。

我时常觉得唯有身在远方才能写出诗词歌赋，却忘了"心远地自偏"，真正爱诗者，会让诗填满生活。诗中的世界属于梦和理想，让人得以在庸碌生活中抬头，去畅想远方的稻田。生活的天空阴云密布，因此更要在诗里寻找晴天。换言之，如何追求心神的远方？答：

与诗为伴，便是远方。

"晴空一鹤排云上，便引诗情到碧霄。"与诗为伴，便是晴天。

像夏花一样绚烂

提到"生命"，我们应该先讨论些什么呢？

古往今来，很多人都在思考"生命"。道家带领我们寻找生命的意义，儒家带领我们探讨生命的价值，西方哲学带领我们找寻"我是谁，我从哪里来，我到哪里去"，这是对生命的本质、根源和归宿的思考。生命到底是什么？

在自然界中，生命简单而多样。生命是海潮中的双螺旋链分子。藻类渐渐铺满海底海

面，鹦鹉螺和磷虾游来游去，慢慢地进化出飞禽走兽，时间被锁进乔木的一圈圈年轮中，人类经过上万年的匍匐后终于出现。地球上的生命以如此多样的形态存在着，以至于我们也说不清它到底是什么。

　　生命或许就像字典上解释的，简单地拥有活动能力，也可能是从出生到死亡的整个过程；可能是人生路上的点滴集合成的整体，又或许是超脱于生活琐事之外的空灵存在。每个人的理解不尽相同，无关乎是非对错，因为这取决于自己生命的宽度。这也正是生命的奇妙之处：它从来没有被任何人完整而彻底地定义过，每个人生命的样子取决于个人的塑造。

　　人类对生命的定义尚未统一，人类对死亡的定义也一直在变化。过去人类将一切生理活动停止看作死亡，后来更先进的医学将死亡细化到每个器官的功能，甚至海德格尔在他提出的死亡本体论中说"死"和"亡"根本就是两个概念。这似乎模糊了传统意义上"生"与"死"的界限，这一切都在告诉我们：生命与死亡，不是绝对的。

我第一次切身体会到生与死，是一位亲人的离世。数年前的寒冬，爷爷脑溢血发作，医生竭尽全力的抢救和家人的日夜守候都没能挽留住他。葬礼那天，父亲细数爷爷生前作为一名人民教师的光辉与辛苦，成功与艰难。然而生活中的种种都使我感觉，爷爷还陪在我们身边。每次家庭聚餐时，父亲总会为爷爷倒上一杯他爱喝的甜饮料；奶奶在聊天时总会不经意地提起他，在睡觉前对着爷爷的照片说"晚安"；我得了奖杯，也会把它举到爷爷的照片前，想让他看一眼他对我教导的成果。渐渐地我开始明白，尽管爷爷去世了，但他仍旧被所有人铭记，他并没有彻底离去。生命之于死亡，是对立，也是并存。

人生苦短，个体的生命转瞬即逝、不可轮回。但人类的生命周而复始，一代代传承。人之为人不只是拥有一副血肉之躯，其灵魂其精神皆是其存在的证明。而后两者又都为无形之物，因其无形，所以永恒。

我不禁想起了一九九八年抗洪前线上的战士们。他们为抢险救灾奋不顾身，有被卷入洪流中的，有因为过劳倒在了沙袋堆砌起的河岸上的，每一个战士都是"高建成""李向群"，这是逝者精神的永存。

　　传奇远逝，他们激起的波澜永不会平息；天才陨落，他们的思想冉冉升起成为更璀璨的明珠；英雄壮烈，他们的精神化作人生的启明星，化作后人的灯塔，化作不朽的光明。短暂之于永恒，是矛盾，也是相依。

　　这一切都是生命，又都不足以完美地诠释生命。生命如此绚丽又如此朴素，如此复杂又如此简单；它是死与生的矛盾体，它是转瞬即逝的永恒。"惊鸿一般短暂，夏花一样绚烂"，我们用这最好的年华去感恩生命、铭记生命、唱诵生命，绽出最美的生命之花。

削果皮

"乖乖，来许个愿，我削苹果给你吃。"

听到此话，我才收回思绪。

方才，与父亲闹矛盾的一幕幕在脑中放电影似的闪过：起因是我上学忘了带手机，半路上才发现，快要急哭了，父亲只好把我送到学校后再回家帮我送手机，这一来一回差点耽误了他的会议。

晚饭桌上，他教育我："多大的人了，这点事还要我操心？不带手机就非要拿吗？……"我对他的责骂习以为常，左耳进右耳出，心不在焉。毕竟，父亲在气头上，这种时候我说什么都是错的，所以我沉默着。

当下，拿着水果刀和苹果的父亲，体现出慈爱的一面。刀刃贴着亮红的苹果皮细细刮过，与果肉摩挲，发出"沙沙"的声音；薄薄的一层皮如缓缓展开的红丝带，脱离米黄色的果肉，拉得很长，又落在桌子上盘成几圈。刀锋轻盈地一转，最后一处果皮被削下来，父亲放下刀，拎起长长的如彩带般的一条红果皮。

"好啦，愿望会实现的。"

削果皮的时候许一个愿，如果没有削断，愿望就会实现。小时候父亲总是这样对我说。

那时我最爱吃的就是需要削皮的水果：苹果，梨，或者脐橙。每次许一个愿，眼巴巴地盼着父亲削出一条完整的果皮，第二天我的小桌子上就会躺着一块蛋糕、一根魔法棒，或者几张手偶剧的票。

那明明就是小时候的"奖励游戏"而已，他不会以为现在的我仍旧喜欢玩这个吧？

明明要求我像大人一样自律，又喜欢把我当成不懂事的小孩，不是亲亲抱抱就是让我配合这种无趣的儿戏。可当他把苹果切成小块塞到我嘴里，我却怎么也生不起他的气了。

不久，父母双双生病。我开始承担一些家务：把每个房间的垃圾倒掉，帮母亲取快递、吹头发，或者把三个人的衣服从晾衣架上收回来叠整齐。当我不得不暂时搁置作业，耐着性子去忙东忙西，我才意识到：这些烦人透顶的琐事，几乎每天都需要父母一件一件去完成。

这天，父亲又要削个橙子。他把我叫来，

却没急着让我许愿。

"乖乖，过来看，我要教你削果皮了。"

刀刃轻轻刺进果皮，娴熟地转过一圈又一圈，声音悦耳地摩挲，不知不觉抽出了一条橙黄色的丝带；削到一半，忽然停手，将丝带拦腰斩断。

"该你了。"父亲把还剩半边皮的橙子递到我手上。

我学着父亲的样子，右手捏紧水果刀，大拇指按住刀背，小心翼翼地推进；左手握着橙子，颤颤巍巍地往右边转动。每次割一下，皮都会断，有时还会不小心扎进果肉中，溅出橘黄色的汁。我的眼睛死死地盯着橙子，像要用眼神把皮都给剥干净。削下最后一块橙子皮后，我扔下刀，举着坑坑洼洼的橙子打量，眼睛已经有些酸胀了，双手因为太紧张而用力过猛，也感到不舒服。父亲看见我几乎要满头大汗，接过橙子，掰了一块喂给我："自己削的水果，怎么样？"

真香，真甜，似乎还有汗水的味道，享受自己的劳动成果，有一种意料之外的满足感。我一边品尝回味，一边看到，桌上有一圈整齐的丝带一样的橙皮，这是父亲的"艺术品"；另一边是残破不堪、大小凌乱的碎片，这是我的"艺术品"。

有朝一日，这堆碎片会拼凑起完整的果皮——我也会像父亲一样娴熟。

我优秀的母亲

前几日，母亲为家里再添新丁。这些天，她或柔声细语向明明听不懂话的妹妹交谈，或笑容可掬地触碰妹妹的小手小脸。这一幅幅温馨的画面诠释了美好的"天伦之乐"。看着可爱而富有童心的母亲，我不禁回想她从小到大的曲折经历。

母亲是外公外婆的第二个孩子，也是第一个女儿。出生湖北的她，骨子里就带着荆楚大地长江汉水滋养的温柔与灵气。然而这颗明珠并非一出生就光华万丈。母亲的孩童时期在外公外婆工作的国防三线单位里度过。忙碌的外公外婆没有功夫照顾她，幼儿园又出了一些变故，她就被提前送入了小学一年级的课堂。据母亲说，起初她不算正式入学，只是跟着班里的孩子一块儿听课，算是托付给班主任照看。第一学期的期中考试她也糊里糊涂地跟着参加了。老师本来大概是抱着"能写多少写多少，别影响其他人"的心思给她发了卷子，肯定没想到母亲的分数比很多适龄学生还要高。为了给班级提高两分平均分，老师就向校长申请了特批入学。母亲就这样靠自己的成绩"挣"到了学籍。

年龄较小的母亲却拥有较强的能力，她最苦恼的科目居然是体育。"别人在刷题，我在练实心球和跑步"，这是母亲独一无二的体验。

　　母亲小学三年级的时候，舅舅正好上初一。为了更好的教育，外公外婆硬是辞去原先大厂里稳定的工作，不顾厂里为了挽留他们开出的优厚待遇，带着母亲和舅舅举家迁到了郑州。此后许多年，外公外婆在外闯荡养家糊口，母亲则在新的学校里、在纸笔文书组成的"战场"上继续打拼。

　　大学期间，母亲加入学校的辩论队，来上海参加电视台组织的大学生华语辩论赛。那是她第一次造访这座大都市。面对大街小巷里熙熙攘攘的人群和车水马龙的繁华，她默默地想着，上海真好。或许这份向往就是她后来考到上海交通大学读博士的最强动力；而另一件鼓舞她的事物是一则广告标语："想的，做了。"如今她已忘却这则早就从淮海路上销声匿迹的广告究竟属于哪一个品牌，但或多或少在这句话的影响下，她的确做到了她想要的。

关于她的事业，我了解不多，但我确信她在高中才有所耳闻的投资行业格外吸引她，否则她不会投入这么多热情。到了饭点，下属忽然一个电话打来，她总会毫不犹豫地接起，全神贯注地讨论，有时甚至拿出笔记本电脑确认信息。因而很多时候，我和她吃饭就像"交接棒"——我吃完了，她才从房间里出来。生病去不了公司，她即使躺在床上也会支起电脑桌办公。甚至今年她怀了妹妹以后，大大小小的电话会议也几乎从未缺席。另外，她现在的老板正是在读博时认识并在毕业后一起创立公司的一位优秀投资人。她爱着这个与她共同成长的"家"，所以认真为它付出着。她经历过创业的艰苦，所以珍惜现在的光明。

她热爱事业，也不乏其他兴趣，例如舞蹈。当她甩一抹水袖、捧一面团扇、捻一方丝帕，步尘踏月跳起风情万种的古典舞，抑或是飞鸿展翅、手绢翻花、藏女长歌，急旋慢转跳起生龙活虎的民间舞，她那干练的形象便消隐无踪，取而代之的是一个释放自我、尽情享受舞蹈乐趣的少女。是的，翩翩起舞的她，忘我、热情，活泼得像年轻的妙龄少女。在她亮得能迸射出光点的双眸中，我又总能清晰地看见努力刻下的烙印，一如她一路走来的奋力拼搏——经常旁观她练舞的我看得到她挥洒过多少汗水，经常听她讲她的故事的我听得见她是如何艰难又卖力地书写人生。

母亲是个优秀的人。

她就这样奔跑着，舞动着，就像每个追梦的人，从未停止追逐着自己的青春。

秋　枫

　　如果近些看的话，这些枫叶是错落生长的。但如此俯瞰所见，便是火海。每一片叶都放弃了积攒毕生的绿意和生机，才绘成这般华美的绫罗织锦。或许它们燃烧这最后一段生命不过是迸出微渺的火星，但最终，星火燎原。几道零星的雨，如何浇得灭比夏日繁茂绿荫更蓬勃、比滚烫艳阳更炽热的烈火呢？又如何洗得褪势必要将整片山谷染成殷红的朱墨与霓裳呢？

——也怪，方才仍是天光万顷，此时竟有雨。是北冰洋的寒流欲要侵入的先兆么？我只知长空倦怠了一碧如洗的旷然，便招来云；云霭厌恶了沉郁许久的积蓄，便降下雨。然后雨不情不愿地落在红枫上，动作僵硬地舞动着。

总之，下次来时，叶子们定也会沦为枫树的弃子，任由不知从何处姗姗来迟的夹着霜的西风卷起，参差铺就一地的萧瑟残朽。枫树连仅剩的色彩也将如此恨绝无情地抛弃了呢——为了忍过更加无情的寒冬，为了等来属于春的新生。

当渐凉的秋风吹起的时候，我们都会放下曾经的许多。

何谓幸福（演讲稿）

先问大家一个很老套的问题：你们幸福吗？（观众：不幸福）

有些人会觉得自己不幸福啊，真是可惜。（观众笑）

那你们希望得到幸福吗？（观众回答是）

好的，看来大家都是正常人（观众笑）。

每个人都希望得到幸福，这是人类的本能。

最后一个问题，幸福的英语怎么说？没错，"happiness"。那把这个词再翻译成中文呢？快乐。所以，其实英语里面幸福的定义很

简单，就是快乐、开心。但是中国人的理解可能不太一样。在字典里，"幸"的意思是幸运，"福"的意思是福气。所以我们现在说的幸福，除了 happy 以外，还有 lucky 这一层含义。

当然，字典给出的解释只是一个标准，每个人心中对于"幸福"的定义都不尽相同。马斯洛金字塔把人的需求从下到上分成了五层：生存需求，安全需求，社交需求，自尊需求和自我实现需求。完成哪一层算是得到了幸福？这是因人而异的。在战争年代，很多人家里是吃不上饭的，所以对于疾苦人民来说，吃饱穿暖能活下去，就算是幸福了。和平年代里，祖国不断加强国防建设，老百姓看着新闻中说的原子弹爆破成功这样的消息，心里有一种安全感，这就是更进一步的，完成了安全需求的幸福。很明显，越是高层的需求就越难满足。所以社会上有一派流行的说法：要清心寡欲，安宁淡泊，这样就能有幸福。但是我们要有辩证的思想，持这种态度的人很多都是厉害到连自我实现需求都已经满足的，他们经历了人生的大起大落，开始追求淡然简单的幸福。当然我们可以认同"知足常乐"，可以说生活中一些不顺意的事情没必要太过纠结，这样会过得更幸福一点。但我们也要想到，作为年轻一代，作为祖国的"后浪"，我们不能没有追求，不能说想要得到那些东西太难了，所以我就不去尝试。

渴望得到"高层次"的幸福，这是一件好事。

很多正能量的话都在鼓励我们：机会是留给有准备的人的；越努力才越幸福。当我们树立了正确的价值观以后，对幸福的渴望就会化为一种梦和追求，告诉我们要用自己的一双手去创造幸福。现在我们都是中学生，学生的本分就是努力学习，而我们学习的过程其实是在为未来的幸福打基础。我们的每一个进步，也是离将来的幸福更近一步。而以对幸福的期望为动力，我们也一定会成长得更多。

但只是自己幸福还不够，我们要把格局放得更大。还是拿原子弹爆炸来说。开始研究原子弹的那几年是社会主义建设的蓬勃时期，许多有志青年的毕生所求就是为祖国的发展贡献一分力量，那也就是他们的幸福了。所以会有夜以继日的埋头苦干，废寝忘食的思考实践，将家人乃至个人生死置之度外的尝试与探索，也最终才有了一九六四年秋天绽放在罗布泊上空的那朵蘑菇云。他们凭借自己的一双手，创造的哪只是自己的幸福啊，那更是一个国家、一个民族的奇迹啊！所以当我们把自身的幸福和国家的荣誉联系在一起，我们追求幸福的过程造福的就不只是自己了，我们也可以像白乐天、杜子美那样，广济天下苍生。所以当人们问起，年轻一代应该有怎样的幸福观？我们可以回答，我们要把自己的梦想放到广阔的中国梦里面去，同样的，我们不仅要追求自己的幸福，更要同国家利益联系在一起，心系我们的国家。

现在，后浪们，请一同扪心自问：在我心里，什么叫幸福？我追求的幸福是只属于我一个人的吗？我为这个幸福付出了什么，又将为之付出些什么呢？希望我们能带着这些问题，过好从今往后的每一天。谢谢大家！

　　根据班级语文课练习时即兴演讲修改

观后感

读《儒林外史》有感

金庸道："小说是关于人的故事。"《儒林外史》是以塑造人物揭露社会弊病和阴暗面的极致之作。其中形形色色的人物大致可分两大阵营。正面人物多是站在"儒林"丑态的对立面，或是坚守一身清白不同流合污，或是心怀正义与落后的封建思想作斗争。而书中主要所讽刺的人，又大致有两大类：如范进这等腐儒，自以为乘着破浪的快船高歌猛进，实则在时代的漩涡里愈陷愈深；又如王惠这等贪官污吏，受贿敛财，还不以为耻反以为荣。这些人物综合起来，构成了一条以科场与官场为舞台的主线。其中讽喻的，多是清朝现实。

据考证，《儒林外史》成书于乾隆十四年前后。清朝，尤其是乾隆年间的文字狱，有多可怕？

乾隆十五年起，以维护巩固清政府统治为目的，几十年时间里先后有上百起文字狱，个个定罪严重。实际上，这些案情都是官员对文字、诗句强行曲解附会，真正具有反清思想的凤毛麟角。在这样不分青红皂白一竿子拍死的文化背景下，《儒林外史》是怎么流传下来的呢？

回到开卷第一回，故事从元朝末年的王冕讲起，全书都是依托明朝作为背景——讲的都是前朝的事。这就是一个非常巧妙的设计：明清两朝，君主专制的强化、科举制度的僵化和官场的腐朽，可以说是一脉相承，讽刺的对象到底是哪朝，对故事本身并无影响；但清朝文字狱防的就是反清复明之风，若是假称在抨击明朝的制度文化，在文字狱的腥风血雨之中就相对安全。当然，不管你是假托明朝还是声明"不知哪朝哪代"，在清朝这莫须有罪的严刑拷打下，要给一本小说量刑定罪，其实还是轻而易举。于是我们不妨想象，优秀的古典小说像是石头缝里最顽强的小草，拥有扛得住任何风霜雨雪的生命力，在一代代文人暗地里传抄之间，等来文化的光明。

放到今天，《儒林外史》已经是跳脱时代的局限，针砭时弊的优秀作品。但在当时，它真的只是作者饱含对社会的愤慨和对儒生道路的反思写就的讽世之作吗？或者说，《儒林外史》是写给谁看的？讽刺的目的到底是什么？

我们可以简单定性：《儒林外史》是揭露、批判清朝社会和科举制度腐朽现实的讽刺小说。

科举取士，隋唐时期建立并完善的选官制度。它在极为繁盛的时候，带起了一朝盛世，更为寒门学子开辟了翻身的道路。

中国的科举制度优秀到什么程度？

日本使节来大唐，搬了几大箱子书回去，泛东亚文化圈的各国也纷纷效仿复刻科举选官；宋朝的时候，辽夏金先后把两宋打得落花流水，可是和平年代，都在不断学宋朝的制度；蒙古人的铁蹄几乎踏遍所有文明，可是他们在学了汉人的文字以后又沿用了汉人的制度；清军入关后，对明朝的中央制度几乎照搬。于是科举制度就一直沿袭下来，在很长一段时间里保持了相当的优越性。

然而科举制度发展到明清两代后，变成什么样子了呢？

其一，考试内容死板僵化。吴敬梓借正面人物杜少卿的言谈，道出了他对科考内容的质疑："朱文公解经，自立一说，也是要后人与诸儒参看。而今丢了诸儒，只依朱注，这是后人固陋，与朱子不相干。"即便在今天这也可以说是难能可贵的批判性思维了，他认为（角色这么认为，也是作者认为），朱熹对四书五经的批注解读只是一家之言，后人盲信朱子是文化走向封闭的万恶之源。明朝以来，考试的内容专重经义，议论空泛，不切实用，且四书都要以朱熹《四书全注》为定本，思想受到约束，不能自由发挥，无异于鹦鹉学舌，再无创新空间。读书应考，独背四书五经，眼界也极为局限，如范进闹出的不知道苏子瞻其人而当作是明朝考生这类笑话，当也不在少数。再者其体裁限制严苛，八股文钻营排偶，文人陷于苦心琢磨格式而不谈经世致用之学。这种以背死书、走套路为通关技巧的层层选拔，能筛出什么好官来？自然是适得其反，压抑、埋没了真才实学。其实纵观文学历史，当语言发展到一定发达的程度后，这种浮靡于形式而不讲求实际内容的弊病时有出现，就像一个循环，如南北朝后期浮华逦迤的文风，流于辞藻精致，以至于士大夫上书前想的不是怎样陈情言事，而是先考虑怎样对仗工整。但语言发展到唐宋，反而到了巅峰期，因为开放包容的时代，会有一个白居易跳出来倡导"文章不为文而作"，会有一群北宋文人向世间呼吁古文运动。而在明清两朝压迫集权的统治下，再没有一个某某运动来反对雕琢的文章，科举制度在腐朽的枷锁束缚下无力挣扎，沉沉陷入泥潭。滋养了几代盛世却落得个身败名裂的科举制度，在近代化浪潮的冲击下才终于得以废除，这也为近代的中国打开了进步的大门。

其二，作为与升官选拔直接挂钩的国家考试，明清两朝的官场有多腐败，科场舞弊就有多猖狂。以顺治十五年为例，江南乡试主考官方欲、副主考官钱开宗等也因作弊多端，物议沸腾，榜发之后，群情哗然。两位主考官路过常州、苏州，考生们随舟唾骂，甚至投掷砖瓦以泄怨愤。更有人撰传奇剧《万金记》，讥讽考官贪污受贿的各种丑态。以"方"字去一点是万，"钱"字留金旁，称《万金记》，实际上是暗指方、钱二主考官。这一年揭发出来的乡试舞弊案还发生在河南、山东、山西等省。清朝统治者对于科场舞弊案件处置严厉，屡兴大狱，但是科场中的舞弊陋习仍然不能根除。封建社会进入衰亡阶段，本身制度的劣势使其病入膏肓。回到《儒林外史》，以王惠为代表的许多读书人，考中科举，进入仕途，高官厚禄，然后成了贪官。俗话道"三年清知府，十万雪花银"。用原文中的话讲，"一朝振作"了，衙门里响的都是"戥子声，算盘声，板子声"。读书不再是修身养性的方式，也不再是治国平天下的根基，而是升官发财的途径。当学习的目的只剩下追名逐利，文人学子纷纷变得财迷心窍唯利是图，进士科选出来的"人才"，又有几个称得上忠心报效国家？

再来看看作者。吴敬梓本人没有当过官，但吴门兄弟中举者不在少数，吴敬梓年少时也目睹过父亲清廉从政。可以说，他本人虽然一生与宦海若即若离，却深谙官场腐朽。那么，他用锋利的笔将社会上的迂腐弊病层层解剖，会是出于没当上官的酸葡萄心理吗？未必。在那样一个时代，出自一个诗礼世家，对朝廷和当朝制度的原则性认可和敬畏应该是深入骨髓、根植在心的，况且吴敬梓自幼沾染"性耽挥霍"的习气，可以推测他一生不染仕途淤泥或许是为了独善其身。

如此一来，似乎有了更合理的解释：他就像近代改革浪潮中的保皇派一样，以含蓄而辛辣的讽喻笔调，试图对科举制和摇摇欲坠的清王朝施以一次拯救，也是对当朝唯利是图的读书人进行一番规劝。他要站在文字狱的对立面，挥洒下先进和自由的一线曙光。我们甚至可以大胆猜测，这部小说是写给意欲进入仕途的读书人看的，点破官场的黑暗，点醒年轻进士时刻自省为何而读书；它是写给宦海沉浮的官吏们看的，像一面现实的铜镜，照出他们曾经清澈的灵魂；也是写给统治者看的，面对沉浸在固步自封的满足中的清王朝，把赤裸裸的现实扔到他们眼前：看看吧，这就是你们的国家。

历史长河遥遥相隔，我们无从知晓这部小

说是否真的进入了统治阶级的视野，但它可以为今日的我们敲响警钟。它警示我们钱不能买到公平，而高考是每个人生命中最大的公平；它提醒我们教育是改变人生的最好甚至唯一手段，当代社会应该有一个个的"张桂梅"，依靠教育把寒窗学子送出大山；它是旧社会千百万人的无声呼救，告诉我们，在时代的潮流里，我们应该以发展的眼光，识别并思考客观存在的问题；不能被飞速前进的车轮压扁，而是要做一个掌舵人。

历史已成定局，而现实值得永远铭刻在心。

鲁迅的"朝花"

——《朝花夕拾》读后感

自一九二六年二月，鲁迅将投稿给《莽原》半月刊的十篇文章整理起来，取名《旧事重提》。一九二八年，更名为《朝花夕拾》。

为什么要更名呢——在我的理解中，大概那些往昔旧事并不只是"旧事"，与鲁迅的"如今"相比便是像花一样美好的回忆，而在写下那些文章的时候却只能像拾起落花一样朦胧美好。

走进他的"旧事"中，我尝试理解他深藏

于文字之下的阅历和思想。

二月份他提笔时，一九二五年的女师大风潮刚过，他在北京寓所的生活刚从动荡中恢复。耿直的鲁迅自然沉不住气，把女师大事件中对学生运动泼凉水的陈西滢狠狠讽刺一番。那些加了引号的"公理正义"，话中有话的"猫的媚态"，许多尖锐的字眼，直逼陈西滢这样的伪君子。

但风波过后，自然也会怀念起往昔那些安定的时光，以及那时给予过自己关怀和庇护的阿长。儿时的鲁迅对她有颇多的厌烦和怨恨，却也有些许的敬佩。在成人之后阅历增加，他大概会认为阿长那样朴实而不麻木的女性是格外可贵的了——也格外怀念吧。"仁厚黑暗的地母呵，愿在你怀里永安她的灵魂！"

四月，北洋当局的通缉迫使他走上避难之路。其间所作的《二十四孝图》《无常》两篇文章，都有"借死鬼以讽活人"之意。传递给我的更多是对活在世间受压迫的百姓的同情、与讲着虚伪的"公理正义"的伪君子的斗争。

在《后记》中也针对这两篇文章展开补充，通过列举《二十四孝图》不同的版本，辨析版本背后的真伪名士，褒贬分明。而《无常》在十篇散文当中尤为不同，它在谈鬼。"活无常"虽然是勾摄生魂的使者，却活在人间，活泼泼、爽直而富有人情味，俨然一个朴素的"人"。

"当鲁迅与自称'维持公理'的'正人君子'鏖战交锋时，带给鲁迅精神安慰和支持的也正是这种使得'人心有所冯依'的朴素信仰。"① 这种底层人民的朴素信仰，虽是迷信，却是鲁迅想要维护的。

鲁迅当然对"迷信"有所批判，《五猖会》《父亲的病》中就有此意。但正如他在《破恶声论》中所强调的，"伪士当去，迷信可存，今之急也"——他真正斥责的，是借着"反对迷信"的幌子，实质上反对进步的伪士。

终于，两次风波都已经平息。九月，他抵达厦门，开始了在厦门大学任教。虽然和校长有冲突，但生活总算安定下来，每月四百大洋的薪水使他在物质上相对充足了些。这一时期前后创作的五篇文章，都更偏向于回忆了，可能也正是因为当时相对平静的个人生活。《从

---

① 薛祖清：《"伪士当去 迷信可存"——读〈朝花夕拾·后记〉》，《名作欣赏：中旬》，2012 年第 8 期。

百草园到三味书屋》的童年经历，使童年略发沉重的《父亲的病》，《琐记》中的求学经历以及最后两篇描述的日本留学的情景，莫不如是。

这本书或许是鲁迅作品中的"另类"。论讽刺，显然是在批判色彩浓厚的小说中展现得更淋漓尽致一些；论辛辣，有些文章里的笔调不仅不辛辣，还有些生动可爱。

——看到他的童年，看到他柔软的一面之后，我更全面完整地认识了鲁迅。因为是散文，所以够真实。

生　命

——《地球脉动》观后感

从碳与水的粒子第一次碰撞出有机生命体开始，从微不可见的藻类到震天动地的史前巨兽，从扭动身躯随波逐浪的软体动物到用双手撕开灭顶之灾的灵长类祖先。生命一直存在着。

无论火山熔岩，还是彗星陨落，都未能令生命从这颗星球上消失。

六亿年前，鱼在深海中徜徉遨游。三亿年前，最早的两栖类带着鱼鳍演化而成的爪子爬上岸。一亿四千万年前，始祖鸟向空中腾飞而去。三百万年前，哺乳动物开始发展壮大，走向繁荣。地球的血脉由它们汇聚而生，从古至今，从未干涸。

从生命诞生的那刻，地球就活了。

生命辗转于每一个能够生存的角落，哪怕冰天雪地，哪怕暗无天日。

候鸟追逐着暖流南来北往。非洲草原上的有蹄动物年复一年踏着气势恢宏的步伐寻觅水源，身后的尖牙与利爪也一直虎视眈眈。

世界最南端，雪雁将裸露的岩石作为绿洲，掐着仅有的春天传宗接代；帝企鹅面对暴风雪张开双翼划过冰封的雪原，为还未孵化的下一代和守护中的另一半寻找为数不多的食物。

炎热的沙漠中，仙人掌从洋流吹来的雾气中汲取水分。袋鼠舔舐前肢，用唾液给皮肤润滑降温，抵抗风沙侵蚀，跳跃在龟裂的大地上。

热带雨林中的蕨类压缩自己的身形，抓紧每一寸得以从浓密的枝叶间隙里渗透到地表的阳光。

阳光照不到的深海，魟鱼扑扇双翼般的鳍，张开硕大的唇，囊括浮游生物；水母漂游着绽开光鲜的"裙衫"，幻化出照亮自己前路的微光。海底热泉周围的管状珊瑚虫，吸收能量蓬勃生长，依靠转瞬即逝的喷发释放自己昙花一现的生命。

生命用自己的方式存在，最惊心动魄，也最平淡无奇，不过是为了赢得这场亘古不变的物竞天择。自然界的战争与和平孕育了地球最与众不同的模样，我们同万千生命一起凝聚成地球的脉搏，而地球的脉动也推动着我们生生不息。

人类是地球血脉中强大的细胞，以科技为武器向自然无止境地索取，只愿不要将地球摧残至血肉模糊。

且让生命永远存在，让地球永远存活。

第二辑

小说

大　寒

真冷。连片的寒风彻夜地吹，是到了"风霜凄紧"的时候了。我却没想着起身把窗户关上，只是裹紧了身上的被褥。我想让这夜里的寒风把我吹醒，这样我就不会再等待春天。

初春是我们相遇的季节。

"多谢安兄，特意大驾来迎，真是劳您费心。""哪有，林大人多礼了。"门外吵吵嚷嚷，耳中传来两个人的客套话。哥哥口中的"安兄"，大概就是邻家安府的公子安陌玉。我对着铜镜插上最后一根簪子，检查了一遍一丝不乱的发式，又往嘴上添了点胭脂膏。听着哥哥和那个安陌玉走出了门，心想大约可以出去了。真奇怪啊，安府家宴为何要邀请我们林家的人？安陌玉还亲自来迎接父兄，这到底是何意？

我走到正厅的屏风后面，却见一个少年模样的人和父亲正在交谈。我呆住了。少年拱手作揖，眉目舒展露出微笑，嘴里的"之乎者也"已经听不清。早春的风夹着清冷也混着微甜，把我从发丝到心神抚了个遍，弄乱了我精心打理的头发，也轻轻撩起了我的心弦。我感觉胸口有些微微的痒，像每一片迷人眼的花瓣飘到手心时那样，令人措手不及。

恍恍惚惚到了安府，晚宴上免不了许多繁文缛节，谈的却都是些婚嫁之事，我不甚懂。

吃了几盏茶，侧头去看他，他端坐着，脸上一直挂着笑，但一言不发，低头将手里的方帕揉得皱皱巴巴，似乎与我一样不知道该说些什么。再看向另一边的长姊，此时正与安家大公子言谈正洽。我不禁感叹她虽然与我从小玩到大，是姐妹也是闺中挚友，但终究比我阅历丰富。

　　宴席散去了，我与陌玉也许久未见。长姊很少与我玩笑了，偶尔我去找她，总是见她坐在榻上默默地绣这一件大红襦裙。她虽然满目笑颜地与我谈天，我却总觉得她有些伤感。直到迎亲的花轿停到家府前那天，我才搞清楚那场晚宴的后续：长姊与安家大公子谈成了亲事。一时间锣鼓喧天，侍儿们端着喜酒送长姊和安家大公子上轿。我背对着父兄一个人哭，眼泪仿佛流不完。这时我感到后背被谁碰了一下，身后响起一个有点耳熟的声音："姑娘，你的……簪子掉了。"

我转过身，发现竟是陌玉。他手里捧着玉簪，见我慌忙擦去眼泪的狼狈样，不禁失笑，又忙说："抱歉，在下失礼了。"

我接过簪子轻声道谢，努力想挤出一个笑脸，却听他又道："觉得伤心就不用笑了，没必要强迫自己。"

"可是，这是迎亲，这么喜庆的场合……"

"婚嫁虽喜，也不是每个人都开心。令姊这样的婚事，已经算幸福了。至少……"他没有再说下去。

很久以后，我会懂得他没说出口的半句话。

后来大约是仲春的时候。长姊远嫁已有数

月，这期间时常有书信来往，起初的伤痛已经
缓解了许多。

　　一日我听闻西街的瓦子里有人说书，要讲
的是元微之的《莺莺传》。这书我早看过，虽
然是父亲口中的"祸害"，但我对其中的情节
久久难以忘怀。这书本就引人入胜，经那说书
人讲出来，必然更是锦上添花。我叫了人，略
微梳洗了一番就打算出门。然而对镜打量一番
自己的样子，又觉得不妥：林家二小姐，平日
鲜少走出院门，今日忽然去那坊里听说书？这
怎不引人闲话。这时我的一个丫鬟想到了办
法，她问府里的小厮要来一套衣裳，让我穿上。
噢——她是要我扮男装。

　　重新打扮了一番，我不禁更有了兴致。这
样一来便是市井平民，去听戏听曲听说书，都

无关系了。于是不仅这一天拉着丫鬟们在各个瓦子间游逛，此后许多日子都是在外头，从用过午膳玩到天色黄昏。

五月中，白日里的蝉声愈发喧嚣，天气也更加暑热。艳阳下的坊市间照旧人声鼎沸。说书的已经讲完了《莺莺传》和《长恨歌》，今日要讲的是《霍小玉传》。我思量着去邻近的茶馆买壶凉茶消消暑，就从瓦子里出来往街上走。在一家糕点铺前，我看见一个熟悉的身影。我格外振奋，丢下身旁的丫鬟跑过去，也忘了自己的一身装扮，高声叫道："安公子！"

他正和几位友人谈天，闻声转过头看向我，温文尔雅地一笑。我感觉自己跑向他的脚步都有些不稳了。到了他跟前，我又忸怩地不知该说什么。这时我才发觉，不只他一个人看向了我。他的友人们都注意到了，都惊讶于这个侍从装扮的青年竟然发出女子的声音……

糟糕！我恨自己的冲动，这下一身乔装要被揭穿了。我赶紧回头想找我的丫鬟，却发现她们已经隐没在了人流中。同时，铺天盖地的闲话已经朝我袭来。陌玉的友人们开始对我评头论足，看见他们互相凑近、压低声音、贴着对方耳根讲话的样子我就明白，一定是在说些"她一个女子……如此有伤风化"一类的闲言碎语。

陌玉却二话没说，拉起我的手就跑。跑了好久才停下，周围的景色我已认不出。"这、这是什么地方……"我喘着气问道。

"一个安全的地方。"他掏出一块帕子替我擦汗。我注意到他这才松开我的手，本来因为暑热而滚烫的脸颊顿时更烫了。

我问他："公子的那些友人……不管了吗？"

"不是什么友人，只是我出来听戏时经常遇见。他们的思想太保守了，我不认可。想必姑娘看不上是吧？"

"什么思想？"

"无非是闺阁女子就是要大门不出二门不迈之类。"

一时无言。我想到《莺莺传》里的崔莺莺因为张生负心从此绝情，《霍小玉传》里的霍小玉即使变了鬼也扰得李益一生不得安宁。可是这终究不是现实，现实中的女子只能守着自己的闺阁，等着媒人算算八字，将自己的余生定好，许配给一个素未谋面的男人生活。我心里翻涌着许多想法，忽然想到阿姊曾说的，下辈子再也不愿做女子。做女子，做女子……我恐怕只该恨自己是个女子。

"依我看姑娘也没理由顾虑，"陌玉又开口说，"更不必特意扮男装出来。大家小姐，听个戏又如何呢？又伤了哪家的风化呢？是也不是？"

我的心思被他看穿了啊……我忽然生出一种被看扁的感觉，本能地否认："非也、非也！是……是觉得……有趣，就扮成了小厮的样子出来玩啊。"

他露出饶有兴致的表情："是觉得……有趣？"

我仿佛在接受审问，紧绷着浑身的弦，僵硬地点头。

他站直身子，笑着说："既然你这么想当男子，那……我便教你一回。"

他说，要论雅事之首，一定是赏花。安府的万花园里四林都有盛开的花，从仲春到早夏，尤为繁多。

我记得那日的桃花盛景，举目的灿烂绯红。落英点点，姿色灼灼，施了多少的胭脂粉黛也胜不过这一枝桃花儿。绽放的花随风微动，半开的则羞答答藏在叶子里。枝杈间还有几只蜂子，正嗡嗡地唱着曲。他抬手接住一片落花瓣，仰头看那风起时的落红如雨，半眯起眼睛，唇齿翕动，吟出一行诗："年年桃李长相望，年年花色为谁红。"

我这时也想起一句词，忙念出来道："落花

人独立，微雨燕双飞。"

他讶异地转过头，失笑地说："你这是在自夸？"

我其实不解那词什么意思，只是看着眼前花与花下人，忽地就想到了这一句。看来大约是不妥？

"莫非这词是只能形容女子的么？"

他不语，转过头，大概是默认了。但俄而又对我说："倒也不是只能形容女子；只是依我看更适合说你罢了。"

我顿时觉得脸颊两侧红得胜过这一树桃花。

后来又一同看了樱花、海棠、蔷薇、茉莉，以及墙外街坊里的石榴花。

到了仲夏，他说，天气热了，是时候教我

在盛夏的湖上泛舟。

　　这天一起乘船的还有安家许多姊妹，个个清秀温柔，一时好不热闹。船行至湖心时，惊起了隔岸的沙鸥，我们纷纷拍手叫绝。兴致昂扬，竟也忘了尊卑礼让，就都当是姐妹挚友，一同玩闹。他还带了凉茶，说是拿棠梨和梨花枝上的雪来煎的，问我喝过没。我当然是没喝过的，又不敢太过惊奇，于是不断地夸它色泽怎样好，味道怎样香甜。待他转过身，我端起茶盅畅饮，这才露出兴奋的表情。

　　有人又说这荷花池里花繁叶茂，不如采一朵花回去欣赏。他轻笑一声道："早听说京城有人写了一篇佳作，为人传诵，名叫《爱莲说》。其中'可远观而不可亵玩'，真道出了莲花之魅力。姐妹们若要采莲，可得当心。"

　　我知道这是在说莲花的花茎上有刺，扎到手来生疼。但他转眼就从船篷里探身出去折了一枝花，那动作熟练得胜过农家的采莲女。

　　"公子当心！"这句话还来不及说出口，他就已经握着莲花转回来，准备把它递给我了。

　　"这是何意……与公子在此中游赏已是荣幸，再收了公子的礼……"

　　"莫要推辞。"他打断。那强硬的语气和有点蹙眉的样子，使我感觉他有些生气。他说："出水芙蓉芳影倩，清流香染美人妆。你看这花洁白如玉，正适合你。还有，以后不必叫公子，叫我采珏便是了——那是我的表字。"

　　我接过莲花不知道说什么，端详片刻低头吐出一句"多谢"，半晌又补上一句："多谢采珏……兄。"

　　八月中秋，府里开夜宴，为了答谢春天的邀请，回请了安家人。这种场合算是私底下的聚会，酒桌上很快就闹闹哄哄，父亲和兄长们都醉意盎然。这样丝竹纷扰、燕舞莺歌的时候，不会有人注意到什么东西碎裂的声音，但我注意到了。这是陌玉留给我的暗号，循声望去，果然见他已经快步离开了酒席。

　　我将杯里的茶泼到外衣的袖子上，捏着嗓子呻吟了一声，随便叫了个丫鬟跑出门。陌玉就坐在门槛外的台阶上，仰头看天空。

　　丫鬟走了，我在他旁边不算远的地方坐下，也抬起头。天幕一片漆黑，不是秋天夜晚的澄澈干净，而是满天乌云。一颗星也没有，月亮也在云雾里若隐若现，不久后完全隐匿于乌云间。即使是满月的皎白和光亮也穿不透厚厚的云层。

酒席里的气氛哄闹得逼人脸红，这一路跑出来就更觉得热了。我脱下已经被茶水浸湿左边袖子的外套，用薄纱面料拭去后颈和额上的汗珠，吹着秋夜里舒服的凉风。

"不能脱！"他忽道。旋即，立刻解了他的衣服给我披上，"正是因浑身有汗才要穿好，不然准要受了凉。"

我笑着道了声"谢谢"。我已经学会了怎样面对他这样关怀或献好的举动：无需多言，也不用推辞，接受下来表个谢意就行。但这样一味接受别人的好意，我也不会心安理得，心里总是在意，又想不出如何报答。当下只能默默在他身边坐着，一起看天空。直到月亮再一次蜻蜓点水地从云层里探出头，我们一直无话可言。我却觉得这样并肩坐在一起，在这个不远不近的距离，甚至不需要多少交谈或笑语，就十分令人快乐。抬起头是月掩雾迷，低头，他就在身边。

"姑娘，"他终于开口了，"这么久了尚未知晓，敢问姑娘芳龄几何？"

"及笄了。"

"可否再问姑娘名字？"

"林雪笛。先前读了些诗文，学采珏兄的样子起了表字，以后可以叫我霜歌。"

他身体向后倾倒，双手撑在高一级的台阶上，却没有仰起头，而是侧头看着我，脸上还有笑。

"这里是江南，秋季仍不寒凉。北方这时的

西风已经很冷了。"

"从苏杭北上是徽州，再北就快到东京了。采珏兄说的是哪里的北呢？"

"还要再北一点，到先朝匈奴人的领地里，也就是西夏国。"

我没有反应过来。

"三年前我第一次去考科举，就中了进士。但因为家父亡故，回乡理丧，辞了三年。如今朝廷叫我回去，我已没有理由再拒绝。况且这回是西夏那边宣战，要我去调兵。

姑娘——错了，霜歌，前些日子收到朋友的来信，兴庆府已经是雪海茫茫。江南的冬天也未有多冷吧？等战争结束了，我带你到北方去看雪。

我想起先人一句诗。'天阶夜色凉如水，坐

看牵牛织女星。'牛郎织女之事从汉代便传下来，总有人爱讲，总有人爱听。其实那牛郎不过是个粗汉，那织女也无非是个农人。可为何总有人羡慕他们？我想是因为爱情。

你我婚嫁之事要听父母媒妁之言。纳吉纳采，问生辰八字算良辰吉日，就是不说爱情。可是那农间的阿哥阿妹在河畔见了面，动了心，便能私定下终身。常言道民生疾苦，如今想来，你我又何尝不是身不由己。

那日的荷花就当是信物了。如今临别便可以说明，我赠你许多礼从不要你偿还，是因为我所求的唯有伊人之心。

愿得一人心，白首不相离。"

他低头叹了口气。

"再过些日子，就该去了……"

又一炷香烧尽，临近五更了。这是我没合眼的第三夜，两个同房的丫鬟待在我身边，不停地为我点着油灯。昨天晚上大丫鬟心疼地说，我织着深衣，比给自己织嫁衣裳还拼命。我自嘲用上了从小跟阿姊学来的所有女红功夫。从小很少做绣活，手法自然拙劣，一根细针时不时戳到指尖，红血点已经冒了不知道几个。

终于，我收完针，拎起这连夜缝好的衣服，揉揉眼睛道："可以睡了。明天早上记得叫我，我给他送去。"等了好久没听到回应，抬起头一看，摇摇晃晃的灯影下，两个丫鬟已经睡着。

"唉……"我叹了口气，一个人盥洗了一番，强撑着让自己清醒。将那件深衣叠好，我靠在榻上思绪万千，终于在夜晚凉丝丝的风里，沉沉睡去。

第二天醒来已是艳阳高照，我顾不上梳洗，随便抓了件披风，抱着连夜织成的深衣往外跑。一出门，正赶上从安家府里渐行渐远的车队，马车轿子后面跟着两个敲锣鼓的人，嘴里高唱"恭送安公子进京"。

我跌坐在地上，一个劲喊着"陌玉""陌玉"。江南的秋风仿佛一下子变得冰凉，即使几件厚厚的外衣套在我身上也抵御不住。

从他离去至今，恍然已经一年。这一年间他从未回来过，唯有每隔一个季节鸿雁传回的寥寥数言尺素，在呢喃着他的温存。

荷花残谢了，秋末的时候熬了一次莲子羹，此后那断茎残叶，我便没再过问。

　　我不知他是在西北大漠的军营里运筹帷幄，还是正身披盔甲征战沙场之中。但我仍在等他完成那个匆忙许下的、把我的余生都搭进去的诺言。

　　直到这日大寒。

　　听父亲说你用兵有道，战胜有功，已经在京城封了官爵，并和东京另一个大家族的小姐订了婚。那人叫什么名字，长什么模样，你都不清楚。

　　我不会怪你负心违诺，我知道你只是不得已而认了命。我早已明白什么是身不由己，明白阿姊一直以来的无奈，明白在那门当户对的婚姻里，没有什么心甘情愿的爱情。

　　我记得去年正月，我刚经历了阿姊远嫁的

伤痛，而你带来了春天。

我记得那天夜里皓月皎洁，你说要带我去遥远的北方看大雪。

我又翻出了今年初冬你寄来的信：

盼归返兮思不已，朝食暮寝总难安。

应是南方暖，依旧见青山。

错了，温暖的南国也会下雪。

我写到这，眼前已经模糊不清了。身下的半卷信笺已经浸满了泪。我也不知该怎么写下去，也不知道寄出的信能不能到达，更不知道他看到以后又能怎么样。

我轻笑一声，落下最后一笔：

多希望一场大雪能将我带到你身边，我侧

过身就能拥抱你，这样往后余生的每一场雪都有你陪我看。

我把信扔到香炉里烧掉，呵出一口热气，然后站到窗边。

琉璃世界，白雪皑皑。

"呼——"我吹出一团白色的雾，在窗上凝成一片。

是风寒，是心寒，是人间大寒。

沦　城

少年将军自诞生之日起就被家族安排继承父亲的将军职位。

在麒瑞帝国，将军就是领兵陷阵保家卫国的一等豪杰。虽是历代承袭的高官厚禄之位，亦须有勇有谋文武皆通之人才能胜任。太平年代或许只是一个名号，若遇到外敌入侵或边疆动荡，首当其冲担起保家卫国之责的，便是将军。

少年将军的父亲老来得子，全家上下皆视为掌上明珠，却深知他一出生就被迫肩负起了沉重的责任。自牙牙学语之日，就向他灌输家国情怀。不负众望的他聪慧过人，少年老成，向往和敬佩着历代名将的一腔热血，也颇有些少年将军的气概。

只是他心里亦有些寂寞。一同在私塾读书的公子们锦衣玉食，他却一点没有大家子弟的待遇，为了"体恤民生疾苦"，终日素衣白裳，从未尝过山珍海味；竹篱茅舍农家小儿尚有个玩伴共相嬉笑，他却只能在庭院舞剑的休憩间隙遥望空中的纸鸢暗自艳羡。若非诗书便是习武，这样的生活对于舞勺之年的少年将军而言难免单调。

他偶尔向往自由。

这日他听闻父亲染恙，不免关切伺候一番，父亲却催他去习武练剑。顶着正午烈日手执双剑来到院中，忽而心念一动，搁下剑呼来车马，借为父亲买药为名，驱车前往郊野处的花田。

晴空邈远，花海无际，红紫万千，莺鸟啼鸣。正是美景迷醉，心旷神怡，忽见不远处一位少年躺在花田之中。少年将军走近细看，觉得此人一身奇装异服前所未见，且衣冠不整，又见他双眸紧闭面色凄楚，衣襟袖口血迹斑斑，想是误入歧途或受谁人侵袭。于是少年将军连忙侧身扶起倒地之人，体肤相触，却觉炽热难耐，才知他已在烈日之下昏迷很久。抬到车上，急急打道回府，将晕厥之人送入房内。

一边忙前忙后，一边令人向父亲通报自己习武完毕，已经回房念书。一切安置妥当，少年将军这才拭汗伫立。定睛看了看榻上之人，面色终于舒朗些，顿觉安心；又见他这一身衣服，却像诺尔丹军官的装束。

几个时辰后，少年军官缓缓睁开眼，四下打量。"是你……救了我？"

少年将军愣了愣神。眼前这位少年军官一副眉清目秀的模样，看起来似乎与自己年龄相仿，从他的声音听来，也不过十四五岁。"是，我之前见你躺在花田里不省人事，就把你带回府里，让医师帮你治疗了一下。你现在好点了吗？"

"嗯，精神多了。谢谢你！"

少年将军意识到，这位少年军官说的是麒瑞帝国的语言，尽管有点生涩。他问道："你应该不是麒瑞帝国的吧？你这身衣服，像是诺尔丹军官的衣服。"

"啊！"少年军官惊叹，神色有些为难，然

后解释道："我是诺尔丹新晋的军官，奉命来麒瑞帝国刺探情报。但上级告诉我，无论发生什么都不能把自己的身份泄露。可是现在……"

"我绝对不会说出去的！额……"少年将军随父亲外出游历时去过诺尔丹，当时学了只言片语的诺尔丹语，如今他想与来自诺尔丹的人交谈，却发现自己很难找到合适的词，腔调也很奇怪。

少年军官被少年将军挣扎般的尝试逗笑了。

少年军官说他要在麒瑞帝国多留几天。

"你们这儿通信好慢，上级估计才刚刚知道我被困了呢！"他这样调侃。

其实少年将军也希望这个不速之客多留一会儿，这是他生活中的第一个同龄的玩伴。

少年军官于是潜藏在少年将军府中，直至

康复。

他们偷偷地在街上游逛。

"这是什么？"少年军官好奇地抓起一支竹笛，抚摸它光滑的笛身。"这是竹笛，用竹子做的吹奏乐器。"少年将军解释。少年军官像是发现了新世界，一早在街上东看看西看看，这样的问题已经问了不下十遍。那些在少年将军眼里再平常不过的泥人陶俑，少年军官都觉得无比新奇；红糖糍粑，桂花糕，绿豆酥，糯米青团……各式各样的小点心，他总是要品尝。就连写了几个字的折扇、工艺粗糙的木雕甚至装着蛐蛐儿的竹笼，他都能把玩好久。

"诺尔丹到底是怎么样的地方啊……"少年将军嘀咕。这些东西，在麒瑞帝国真的不足为奇，在诺尔丹这个照理说更加先进的国家，少年军官居然一次也没看到过。

　　某日，烈日当头，少年将军在庭院里练剑，少年军官就在廊檐阴凉处观看。宝剑这种武器在诺尔丹倒不少见，但少年军官看着眼前这个年龄相仿的少年双手挥舞着两把长剑，剑锋划破空气时呼呼作响，剑身反射着灿烂的阳光；少年将军时而腾空时而卧地，飘逸的衣袂掀起阵阵气流，汇成吹拂在耳畔的微风，不觉有些神往。

　　少年将军习武结束进了书房，少年军官也在一旁听他诵读"子在川上曰：逝者如斯夫"或"呦呦鹿鸣，食野之苹"之类的诗文。少年军官少有能听懂的，但也不觉无趣，他就在这个房间上上下下地打量。这里的几乎每一件器皿玩物，都是他没有见过的。

读完了经文，少年将军带着少年军官一起练字。少年军官原本连毛笔都不会握，在少年将军的指点下，不一会儿居然临摹得有模有样。少年将军自愧不如道："当年我初学书墨，可没你这么快。"

这一天匆匆过去。第二日上午，少年将军说："我要上私塾。昨天就向先生说谎称病了，今天再逃学，就不太妥了。"少年军官听了，也想起自己此行的目的，忙说："我也得去打听情报。"于是少年将军上学读书，少年军官走街串巷。

少年军官收到一封信。他看到是诺尔丹寄来的，立刻明白了。

"上级来信了，"他告诉少年将军，"我明日就得回去。"

少年将军拉起少年军官的手："我带你去花田。"

二人立刻动身，又去了他们相遇的那片田。

"诺尔丹是怎么样的？"少年将军问。

"那里很冷。没有青山绿水，只有雪原，一望无际，而且常年白雪皑皑，因为我们没有春夏秋，只有寒冷的冬天。动物不多，只有雄鹰、鹿群、山羊和银白的野狼在雪原上奔跑。人们总是忧心忡忡；元首总是指挥调度南征北战。我总是穿着过膝军靴和厚厚的军服，披着长大衣，戴着硬皮手套。那里不算好。但人们不像你，这么辛苦地读书、练剑。军人们只要会摆弄枪支大炮，能在冰雪上奔跑，就能出征。而且，那里有好看的冰雕，就像你们的木雕。那里有火热的烈酒，就像你们的蜜酿。还有烤鹿肉和涮羊肉，很好吃。"

少年将军心驰神往。诺尔丹在少年军官的描述中一点也不幸福，但他感受到了从未有过的自由。像枪支大炮，像冰雕和烤鹿肉，在少年将军听来都很新奇。更令他向往的是那一望无际的雪原，他很想知道，雪原是不是比眼前这片花海还要辽阔，只是那里是白色，而不像眼前这般百花缭乱。

"我好想去诺尔丹看看。"少年将军说，伸手接住一片被风掀起的花瓣。二人已经走到花海的中央。

"不行，"少年军官很快地回答，"元首有禁令。"

少年将军诧异："禁令？不让诺尔丹与他国来往？"

"只有麒瑞。"

二人都沉默了，各自怀着失落。

"是因为战争吗？"良久，少年将军开口。一番思索后，这其中的许多原委，他也有几分明白了。

"是的。"

现实如此残酷地横在面前，此时站在一起的两个人，却仿佛相隔着山海几重。但少年将军心里仍有一丝希冀，他不曾切身经历过战火纷飞，少年的天真尚有一丝余存。他不像从诺尔丹的雪中历练出来的少年军官——后者已经看透了世间的无奈。少年将军说："战争会结束的。"

少年军官只是低下头。

第二天少年将军醒来时，他又成为孤身一

人。前两天发生的一切，就像是一场恍惚的梦境。少年军官走了，只有白宣纸上歪歪扭扭的墨迹隐约证明他来过。

少年将军未曾想过他们会多年后再次相见，而且是在麒瑞北部边塞的行宫中，一间说不上华丽也说不上简陋的房间里，一张长方形的红木桌上。彼时他的父亲早已去世，他已接替父亲的职责，成为独当一面的大将军，担起护国的重任。而他的对面正是昔日的那个少年军官，如今的诺尔丹首席军官，仍旧眉眼俊秀，只是多了几分沉稳，高高在上又风度翩翩；他的军衣和手套更加精致，胸前佩着一枚徽章，还多了一顶蓝黑色的军帽。

他们代表着各自的国家，正襟危坐于谈判

桌的两端。他们严肃地交换条件，将军宣读麒瑞君主的指令，军官传达诺尔丹元首的意见，互相签订条约。

诺尔丹倚仗强横的实力和稍微先进一些的技术步步紧逼，代表麒瑞帝国的将军只能靠着三寸不烂之舌勉强维持不卑不亢、以理服人的态度，竭力为自己的国家争取哪怕一丝一毫的利益。

最终条约签订，将军如释重负，首席军官则不咸不淡地表达感谢，只是在将军听来，这感谢中的虚伪实在太明显。

他很失望。或许是这片没有硝烟的战场将他重逢的激动冷却反转，或许是对方的蜕变实在令他难以接受。

离开谈判桌时，他看见一张纸条，是一张

用毛笔写了小字的宣纸。仔细一看，是"亥时在此等你"六个字。这明显不可能是谈判时写下的，这歪歪扭扭的墨迹分明指向那个无比熟悉的旧识。

晚上亥时一到，他出现在了谈判的房间。里面漆黑一片，唯有从半掩的竹帘中透出玉白色的月光，月光如水地倾泻在房间的木地板上——在麒瑞帝国的每一个角落里，月光都是如此泻下，将军不由得有些思乡。月光下隐约可见一个身影，斜倚窗棂，双脚踏着军靴，身上一袭军装。看样子等自己很久了。

"你来了。"首席军官语气平静。不知是不是心理作用，将军却觉得这话里难掩激动。将军想要开口问候，却不知该说什么，只是再走近一些，直到完全看清了首席军官沐浴在月光中的侧脸。

首席军官转过头，注视着将军的眸子。二人眼中的五味杂陈似乎很难读懂，但彼此又都能心领神会。他们站在月光下相顾无言。

将军忽然明白谈判时那令他难受的东西了。首席军官的冷漠，撕碎了他在将军心里那个好奇的少年的形象。冷漠，这是将军一直以来最害怕的东西。将军习惯了父亲的严厉与责骂，习惯了孤独，但他最受不了他人，尤其是熟悉的人，对他冷漠。他一直被那么多人在意着。

"我们已经谈判完了，你是首席军官，能结束战争了吗？"将军说。

"我是首席军官，但不是元首，就像你成了将军，却还要听命于君主。所以，我不能结束战争。"

"那什么时候可以结束呢……"

"我不知道。"首席军官低下头,"我们身不由己,只能等待。我们背负着同样的东西。"

"等战争结束了,"将军又说,"我能去诺尔丹吗?就当去游历一番吧。"

首席军官的眼里闪烁着悲伤,但他点点头:"当然。战争结束,我就自由了。我想来麒瑞居住,这里真暖和。"

"我们一言为定!"将军毫不犹豫地说,这一刻,他俨然还是个孩子。

那一夜雨洗孤城。将军率领的守城大军,在猛烈的进攻之下,早已溃不成军。唯有将军和首席军官屹立于城墙之上,互相对峙。首席军官手里没有拿枪,而是握着一把令人望而生畏的重剑。而将军手上就是他在对方面前舞过的双剑。

刀光剑影交错，便是这个雨夜最终的厮杀。安然无恙或是血流成河，生死只在分毫之间。

忽地，首席军官挥剑的动作停下了，剑锋停在将军脖颈正前。

将军的双眸倔强地注视着首席军官，对方凛冽的目光使将军眼神中的坚定不减反增。

首席军官冰冷地说："你早就知道结果了。"

将军不敢低头，仍旧与首席军官对视着，眼里的坚定却动摇了几分。他还是没有学会面对冷漠。

"既然你早就知道如此，"首席军官继续说，声音冰冷得胜过这一夜凉雨，"为什么还做这么多徒劳的抵抗？"

"我身后是二十万人。"将军回话了。

"那又如何？"

"而我注定是站在他们身前的那一个。"将军说，"你说过，我们背负着同样的东西。"

首席军官的帽子把脸遮出一片阴影，但将军看到那张脸上有一丝阴霾的神色。

将军笑了："有时候真羡慕你们诺尔丹人，能把一切感情藏起来，为了利益不顾一切。"

"我大可绕道而行。你只需侧身，让我的军队进驻城中。"首席军官说。

"抱歉。"将军说。

剑光一道，将军的身躯应声倒地，沾满鲜血的却是他自己的那两把长剑。金戈铁马背后，他原本是个柔弱的人，但他却想用柔弱的肩膀背负起身后的国家。

首席军官蹲在将军的身体旁边。"你骗我。"将军的声音很低，颤抖得像他眼中不敢落下的眼泪，轻柔得像那时花田上拂面而过的微风，又坚定得像那夜月光下一言为定的誓约。

"战争会结束的，代价是我的生命。等战争结束了，你要带我去看诺尔丹的雪。"

一夜的凉雨晕开城墙上的斑驳血迹，胜利者离去的背影，比无人问津的尸体还要孤寂。

很久以后，只剩首席军官一个人，会记住这座沦陷的城。

第 三 辑

诗词赋

古　诗

春　情

低云霏微晚烟霞，疏雨漏断一声鸦。

红叶题诗风托信，青梅煮酒雪煎茶。

离离芳草飞客路，片片浮萍落天涯。

常思旧时相悦事，不过初春柳絮斜。

柳 如 是

绿鬓参差容婉姿，朱颜破碎泣流离。

蛾眉宛转如新柳，腰骨婀娜是玉枝。

落魄章台独怜影，安居绛馆共飞诗。

忧时但恨身娇弱，报效无能空有悲。

品　蟹

身自鱼米乡，橙甲披作裳。

雌雄皆宴饮，伛偻共黑黄。

叹蟹生

钳甲相搏去腿肢，满身功绩又谁知。

拼斗几回经生死，落得盘中宴饮食。

出　游

院墙高挂海棠丝，粉黛娇容浅心思。

篱外草席沾风露，染上晶莹润叶枝。

晚云遮天天色暮，新绿压柳柳腰低。

夜雨洗绝山茶落，白樱笑唱白雪诗。

秋　话

朝看花惨败，暮闻雁南飞。

春光更无觅，夏艳怎能知。

桂米金秋月，蟾宫玉露期。

书卷终身事，始学仍未迟。

水　仙

新芽全盛蕾半开，凛冬已去春未来。

草叶几丛润玉骨，花枝一径洗鹅腮。

纵生浅盆朝旁逸，不惧寒风向高偎。

莫叹今日繁华萎，且看明朝仙蕊白！

六月十五观月

伏炎出雨雾，风醉散云霏。

织女遮秀貌，姮娥舞白衣。

长寻瑶台玉，心向碧园归。

陌上明月旧，轻叩故人扉。

赠觅真诗社二首·其一

蓬莱李杜至登峰，饱学诗书气妆成。

文章晕染堆架垒，辞藻雕琢砌神形。

眼里青春无消退，笔下才华更满盈。

泼墨始学趁年好，习得馥郁两秀清。

赠觅真诗社二首·其二

窗前桃李盼春临，四载学童开拓勤。

聚合故友时时诵，融列新交恰恰吟。

诗中意韵常尝啖，心里真切总觅寻。

九歌唱毕群贤起，竞与鲲鹏胜光阴。

中　秋

无味金花半闭门。天宫宝桂陷泥盆。

缘何冷月藏斑影？应是秋香带泪痕。

怎奈姮娥空寂寞？可知孤雁负思魂？

闲人望断离人去，一任西风送日昏。

思君诗

后羿揽弓除九日，为守一人负此生。

直攀星斗高向月，姮娥不解世上情。

秋风起处云吹开，蟾宫花影带露清。

独看庭中桂香冷，夜有故人入梦惊。

天界凡间同寂寞，遥想斯人泣五更。

了却梧桐飞细雨，又别冬雪与寒风。

君既远洋应不见，故国处处是春声！

我见晞光皆恨短，不知君处几度晴？

易书尺素数卷文，难诉涕泪一番心。

绿草如茵盼双燕，繁花似锦待谁人？

游手信步孤魂苦，年年春色胜似今！

思君意如缠绵雨，又似南溟浪不息。

惟觉家家门户紧，不知相见在何时？

一朝待得江水暖，归来莫比牡丹迟。

窗前独饮茶代酒，盏中茗叶浮复低。

暖阳一道催神乱，忽道相逢会有期。

携手无言一路去，同看棠梨与柳枝。

烟花三月君未至，夜来难寝枕巾湿。

但云苍天负我意，不道卿卿把我欺。

合眸恍如闻君唤，回首空房自笑痴。

新　诗

"启"

——我与祖国的一天

若我眺望，

朝霞满天，旭日东升。

若我诵起诗文《尔雅》《国风》，

所见如先人勤勉的耘耕，

所闻如华夏启齿的初声。

若我仰视，

金日高悬，光洒前路。

若我踏出奔跑的第一步，

在努力触及心中梦想之物，

在努力追赶你发展的速度。

若日黄昏，

顾自留晖，怅惘迟暮。

若你孑然一身凭依无处，

谁在你身上刺了伤痕无数，

谁为你浴血抗争生死不顾。

我遗憾风雨之时，

不曾与你同渡，

亦庆幸生于此时，

见你荣光满目，

我思你经风历雨，

当也曾血肉模糊，

但那风雨之余，

你看清了重启的道路。

在那些难眠的夜晚，

我点起微弱的灯盏。

你仍在前行的身影，

繁星也不及它璀璨。

若我长大，

耀眼的朝阳再次升起，

若你追光奔跑前途似锦，

我愿为你左膀右臂，

助你繁华万里，

我愿做你丰满羽翼，

伴你章程再启。

白山茶

蝴蝶许她以等待，

不介意她的衣装太过淡雅。

于是借夏末的雨水为她送行，

她只饮下一碗莲子羹，

长叹一声"心苦"，

然后无言地道别。

秋风把闲愁吹来了，

凝成的寒露，

她采撷来，

时而瞥见皎月又撒了满地银霜，

她从这积水中捞起，

自己的一身清香。

未若柳絮因风起的时候，

她倦卧在流萤曾驻的青阶，

雪赠她华发与素裘，

它们却都化在，

花暖岁初春，

雁归故园北。

新生的世界太灿烂，

她不喜欢火红的朝霞，

她道是阳光太刺眼，

躲在叶底扮温柔。

然后她走到四月，

望着下小雨的人间，

带着那一生的白，

说一声，

花开。

看，桂花开了

风是炎阳的告白，

秋是夏日的等待。

那一树桂花，

是我对十月全部的情话。

记忆中凉丝丝的微甜，

萧瑟秋风也吹不散。

随时都能绽放的笑颜，

定格、凝固在花叶间。

当残花败叶锁住喜悦，

当过去成为解不开的心结，

当萧瑟埋没残存的灿烂，

冬天这把冷酷的画笔，

扫落了世间最温柔的花。

眼眸朦胧映现出花的身影，

脑海模糊勾勒出叶的轮廓，

桂花树下同样的我，

守望着下一场花开，

渴求再一次醉心的仰视。

终于又到了十月，等来了清风，

终于又向那里狂奔，

终于又站在树下，

看着熟悉的桂花，

好想对全世界说——

看，桂花开了！

远看是枝叶半拢温柔的阳光，

近看是墨绿中点缀着靓丽的灿黄，

即使没有蟾宫相衬、明月相托，

真正的美丽总不会被距离掩藏。

熟悉的老师站在熟悉的教室里，

不同的同学们在同样地学习，

虽然这一切都不属于我，

但我什么也没有失去。

最后那一缕香气，

还是在无形中隐匿，

我渴望占有自己的世界，

却不可避免地被世界改变。

这世间又有什么事物，

真正拥有命运的决定权，

桂花的生命像循环，

总能在某一个秋天重新计算华年。

我的生命却只能向前，

算了吧，

把过去留在怀念里，

把怀念藏到心灵一角，

我抓得住的是每个眼前。

那就走吧，

走出我恋恋不舍的桂花，

走过我念念不忘的枝丫，

走向那将我抛弃的繁华，

我生活在桂花树外的世界，

那一边是操场。

可笑人间

我，

徘徊于狭窄的人间，

阴霾与血堆砌断壁残垣。

人，

用知识将皮囊装点，

妄想掩饰心的空虚茫然。

我，

奉神谕或所谓天命，

检点愚昧之生脆弱的和平。

人，

涂抹上无知的魂灵，

为屠宰者捧上奖赏与血腥。

四分五裂，祈求救赎，

炮火纷飞，抚慰孤独。

为何将平生无奈，

化为伤害，化作痛苦。

神啊，

请听一听冤魂的呐喊吧，

请听一听正义的祈愿吧，

请将所有光明都赐予他，

谁将结束，

将混乱封堵，让颓唐结局，

去迎接最美好的荒芜。

川柳 · 萤火虫

盛夏流萤转，

应羡腐草平生驻，

风月晶莹岸。

林霭见飞灯，

碎玉成萤如星落，

应自夏花生。

　　湖渚听风明，

晨烟略罩初升日，

　　葬了昨夜星。

填　词

卜算子·桂花诵

群芳绿圃中，一树清香醉。细叶无棱花有色，风起纷纷泪。

不屑点春容，寂寞添秋岁。不与红梅争傲骨，雨洗孤花碎。

采桑子慢

　　薄春过去，忍向旧梦寻家。客居久，归乡唯念，田舍鸣蛙，树外寒鸦。

　　雾里看花不似花。锦衣兰佩，辞行渡口，漏断琵琶。

朝中措·困

竹篦闲理几云轻，缠发系繁缨。惆怅黄梅时雨，觉来庸看飞蝇。

启窗开户，午风无语，断续蝉鸣。妒羡虫儿双影，无人共醉三更。

点绛唇·早夏

别过春光，晚来风动闲情散。小眠未倦，月夜因何短。

无处芳浓，云涌斜阳软。蛙鸣半，更催日暖，早夏新容浅。

画堂春二首

凝霞逸霭起笛音，飘飖白雪琼琳。伊人见我洛河阴，惊慕浸淫。

素髻兰裙轻裾，芙蕖出浴水浔。步云归入晓天深，销迹林岑。

梦来仙客向凡寻，惊鸿忍配闲禽。献诗呈赋吐思忧，赠复瑶琛。

对坐煎茶烹酒，相观鼓瑟弹琴。此来依傍共襦襟，胜却千金。

南歌子·贺年

　　争春总留寒，向晚却漏光。坝上欢声添酒暖，虽是茅屋风冷乐未央。

　　连天金玉彩，满地草泥香。莫道良宵图一醉，且观人和花绽好景长。

乌夜啼·达人秀

提笔酌词句，方觉夜已三分。恩师挚友应如是，不必叹艰辛。

连月操劳无寐，奈何抱病频频。且笑对谁人负我，天道自酬勤。

武陵春

满架朝颜天欲晚，小卧醉风眠。不见斜阳半落天，云散更知寒。

梧叶荫荫折桂处，栀子正纷然。一笔诗篇带笑怜，夏月里，思旧年。

相思引·梅

　　褐梗枯田芸薹栽，柳薄花细未风裁。春犹畏怯，不语笑香腮。

　　冷蕊侧观香远径，寒英轻弄絮飞怀。横斜绛影，残色胜裙钗。

卜算子·中秋

三五团圆时，华彩连街镇。举头欲识婵娟影，茫然不能认。

多恨风卷云，遮掩无音信。却道月往君归处，代把相思问。

文　赋

琢玉说

　　为玉器，首以玉料。深山而寻，细流而采，玉料罕矣，而良者胜金。羊脂玺之丽，以其色润；和氏璧之名，以其无瑕。玉料良也，则玉器美色天成。然此等美玉，不可多得。

　　玉非良品，却也无妨，精雕细琢，亦美矣。故一说自古美玉当琢，古语便有曰"玉不琢，不成器"等云云。夫琢者，吾尝闻执"解玉砂"砺之乃型，然闻后未见此方，恐

是独古贤人之术也。今为玉，铁臂纵切，钢丝横斩，略略磨之，乃成。置于市，则商贾行人皆赞为美器。仿若美玉遍天下矣！再无稀罕焉。然则吹捧愈加，真假愈难辨，精雕细琢之美玉愈罕矣。

逐梦赋

夫古来贤者，皆以修身齐家治国平天下。修身者，德也；齐家者，礼也；治国而平天下者何？当以其梦为本。

古来先贤之人，谁无梦乎？伤己者遥想仙人鬼神，寄梦以独善其身；忧国者看遍血雨孤魂，寄梦以治国安民；怀才者感其不遇之苦，寄梦以辅佐明君；离乡者伤其浪荡之辛，寄梦以回见故亲。古来先贤者，皆造梦以情。

近人英雄之辈，谁无梦乎？皆以强国之梦为一生所逐也。舞辞弄墨者逐梦以文，保家卫国者逐梦以兵，改天换地者逐梦以革命，近人英雄者，逐梦以身行。

古今贤者英雄皆以梦而成也，而桃源学子与之有异乎？非也。学子莘莘，年华正好，是当造梦以情，而逐梦以行；为立身而造梦也，为强国而逐梦焉。

图书在版编目(CIP)数据

桃乡/莲芷著.—上海:上海人民出版社,2021
ISBN 978 - 7 - 208 - 17109 - 1

Ⅰ.①桃…　Ⅱ.①莲…　Ⅲ.①中国文学-当代文学-
作品综合集　Ⅳ.①I217.2

中国版本图书馆 CIP 数据核字(2021)第 088634 号

责任编辑　肖　峰　王　晶
装帧设计　甘信宇
插图作者　张珂璇

桃乡

莲　芷　著

出　　　版　上海人民出版社
　　　　　　　(200001　上海福建中路 193 号)
发　　　行　上海人民出版社发行中心
印　　　刷　常熟市新骅印刷有限公司
开　　　本　787×1092　1/32
印　　　张　6.5
插　　　页　2
字　　　数　100,000
版　　　次　2021 年 7 月第 1 版
印　　　次　2021 年 7 月第 1 次印刷
ISBN 978 - 7 - 208 - 17109 - 1/I · 1959
定　　　价　79.00 元